気ままに植物魔法でガーデニング・ライフ

～ハクと精霊さんたちの植物園～

Enjoy a carefree gardening life

(著)さいき

(ill)Tobi

この世界の人たちは、マスクなメロンの大玉なんて初めて見るだろうねぇ？

「！　何これ、ウッマ!?」

カイル兄が大声で叫んだあと、ものすごい勢いで食べ始めた。

「こりゃっ！　行儀が悪いぞ、カイル!!」

ジジ様がカイル兄を叱りつけても、本人はまったく気にもとめないね。

そういうジジ様も、猛然と食らいついている。

血筋かな？

レン兄は無言で静かに早食いしていて、リオル兄は優雅にお上品に食べていた。

僕も父様も、同様にまったりといただいたよ。

CONTENTS

植物魔法で
気ままに
ガーデニング・ライフ
～ハクと精霊さんたちの植物園～
(著)さいき
(ill)Tobi

植物魔法で気ままにガーデニング・ライフ

第一章 初めましてギフトさん

Chapter.1

Enjoy a carefree gardening life with plant magic.

この世界では五歳になるとギフトを授かる。

誕生日の朝に目が覚めると、自然に芽生えている感じだよ。

そして今日は僕の五歳の誕生日。

寝ぼけまなこをこすりつつ、大きなあくびをして、身体《からだ》をうーんと伸ばす。

えいやとベッドから飛び起きて、すりガラスの窓を開ければ、早朝の爽やかな風が一気に吹き込んで、部屋の空気が入れ替わった。

その風が優しく頬をなでてゆく。

初夏の清々《すがすが》しい朝だね。

清涼な空気を胸いっぱいに吸い込んでから、ポスンとベッドの縁に腰かける。

大きく深呼吸して、小さな声でお約束の言葉をつぶやいてみた。

「ステータスオープン」

なんだか言葉に出すと小っ恥ずかしいよね〜。

ひとりモジモジ照れちゃうよ。

僕の目の前に半透明の窓のようなものが現れたんだけど、なぜか真っ黒なんだよね。

なんでだろう？

右から左から、なんなら下からのぞいてみても、画面はずっと真っ黒のままだった。

何かのバグかな？

「まさかギフトを授からなかった、なんてことは……」

思わずヒヤリと、背筋を冷たいものが伝った。

ヤバいよ！　どうしよう!?

僕がひとりでアワアワしていると、真っ黒画面の中から声が聞こえてきた。

『ああ、すみません。なかなかピントとズームが合いませんねぇ』

ビックリして思わずピョンと、ベッドの端っこで飛び跳ねちゃった！

「だ、だれですか？」

恐る恐る尋ねてみた。もしかしてスキルの中の人かな？

いやいや、スキルの中の人って何さ？

僕は思わず挙動不審になってしまったよ。

『はい、私はハク様のスキルの管理人です。私の声はハク様にしか聞こえませんので、うっかり外で話しかけないでください！　痛い子だと思われてしまいますよ』

なんか、いきなり毒を吐かれた気がする……。

まぁ、こうしていても始まらないので、僕はスキルの管理人さんに聞いてみることにした。

「では、管理人さん。僕のスキルを教えてください」

『かしこまりました。口頭で説明いたしますが、スキル画面にも表示されますのでご確認ください』

数秒待っていると、真っ黒画面の中に白い文字が表示されたよ！

名前　ハク・ラドクリフ　５歳
レベル　１
職業　なし
ギフト　植物栽培
スキル　植物栽培魔法　※
　　　　生活魔法　※
ユニークスキル　植物園　※

管理人さんも同様に読み上げてくれた。

『ステータスはハク様にしか見えません。ほかの人物のスキル画面を見ることはできませんよ。人に聞かれてもうっかり教えないでくださいね。ただし、ご家族は大丈夫ですからね』

ほうほう。

僕は真っ黒画面に向かってうなずいた。

大事な個人情報だから、ペロッとしゃべっちゃダメってことだよね。

それにしてもステータス画面には、ゲームのようにはＨＰやＭＰは表示されないんだね？

数値化されるのは全体のレベルだけなんて、ちょっと不親切かな？

『ゲームではありませんから、簡単に数値化できるわけがありません。最低限の情報で十分でしょう。現実世界だとわかっていますか～？』

なんかバカにされた気がする。

ちょっぴり管理人さんにモヤモヤしてしまった。

むむ。

とりあえず、僕のスキルは植物栽培魔法で、見るからに農家系のスキルっぽい。

僕に剣術などは無理だと思うけれど、カッコイイ魔法が使えるかもしれないと、少しだけ期待していたんだよね……。

夢は夢のまま終わったよ。

だけど僕的には問題のないスキルだと思う。これはこれで、むしろラッキーだったんだ。

思わずにんまりしちゃったよ。

ひとりでニヨニヨしていると、管理人さんから声がかかった。

『次の説明をしてもいいですか～？　聞いていますか～？』

「ああ、ごめんなさい。お願いします」

いけない、説明の途中だったよ。

『では続けます。この世界では全員無職からスタートです。職業は大人になってから選択するものであって、ゲームのように最初から定められたものではありません』

それは知っているよ。家族からそれとなく聞いていたもん。

『そうですか。自分のスキルに合った職業を選択する人が大多数ですが、たまにまったく違う職に就く人もいます。ハク様もこれからの経験と努力次第で、うっかり新しいスキルが増えるかもしれませんよ。才能が開花せず、まったく増えないこともありますが……。すべてはあなたの努力次第です！』

うっかり増えるものなの？　管理人さんの言葉のチョイスが謎だね。

それも聞いたことがあるよ！

たとえば料理や裁縫などは、日々の繰り返しで芽生えやすいそうだ。

侍女のマーサも大人になってから、料理と裁縫のスキルが身についたと言っていたからね。

とりあえず、スキルの確認はあとにして、そろそろ着替えて朝食へ向かおう。

お腹《なか》がペコペコだよ。

『そうですね。詳しい説明はあとにして、先にご飯をしっかり食べてください』

はーい。


部屋を出て階段を下りると、トコトコ歩いて屋敷の裏口へ向かう。

裏戸を開ければ石畳が広がっていて、すぐそこに屋根つきの井戸があるのだ。脇に設置された大きな木樽《きだる》から、手桶《ておけ》に水をくんで顔を洗う。

まだ小さくて自分で井戸水をくめない子どもたち用に、くみ置きしてあるんだよ。水くみは重労働だし、うっかり井戸に落ちたら危険だからね。

顔を洗ったついでに、口もブクブクうがいをすればスッキリする。

そのあとは食堂に行って、自分の席に座って待つ。

今日は一番乗りだった。

「おはようございます。あら、今日はお早いですね、坊ちゃま」

侍女のマーサが食堂に入ってきた。

マーサは少しぽっちゃりした中年の婦人で、侍女といいながら我が家の家政を一手に担ってくれているんだよ。

「おはよう、マーサ。今日はいい天気だね」

「本当によく晴れましたね。昨夜の雨がうそみたいですよ」

マーサは朗らかに笑ってテーブルを整えてゆく。

そうしているあいだに、家族が集まってきた。

「おはよう」

入ってきたのは父様のレイナードだ。

金髪に翠色《みどりいろ》の目の男前だと思う。結構マッチョな大男で、見るからに武人という感じだよ。

パパン、カッコイイ！

「おはようございます、父様」

父様と笑顔で挨拶を交わしていると、ふたりの兄様がやってきた。

「おはようございます、父様。ハクもおはよう」

「おはようございます」

七歳年上の長兄レンと、五歳年上の次兄リオルだ。

「おはようございます、兄様たち」

僕は元気に朝の挨拶をした。

レン兄は父様を小さくしたような外見で、性格も爽やかイケメン系だよ。白い歯がまぶしいねぇ。

リオル兄は白金髪に碧眼《へきがん》の、天使かと思うほどの美少年だよ。ちょっと冷たい感じもするけど、僕にとっては優しいお兄ちゃんだと思う。意地悪なときもあるけどね。

ちなみに僕は白銀髪に青い目の、リオル兄寄りの見た目だったりする。

寒々しい色だなんていわないでね。

残念ながら美少年感はなく、どっちかっていうと女の子に見えるらしい。

むう、まだ五歳だから仕方がないかな？

それぞれが席に着けば、マーサが順に朝食を配膳していく。

朝食は硬い黒パンと、サラダにおイモのスープ。具は少なく薄味で物足りないけど、ぜいたくもいっていられない。この世界では、お塩は貴重品だよ。

僕の生家であるラドクリフ家は、辺境の片田舎で男爵位を賜っている。

治める領地は小さな村ふたつの貧乏男爵家だ。なので屋敷も小さく、使用人も少ない。

マーサのほかには初老の執事バートンと、御者兼馬屋番のトムと、従士五人を抱えている。

従士っていうのは、平民出身で貴族家お抱えの武人のことだよ。

騎士は国王陛下から叙任を受けて正式に名乗れるので、それ以外は騎士を名乗れないんだって。

例外で騎士を持てるのは、辺境伯だけらしいよ。

有事のさいには村人から徴兵するらしいけれど、僕が生まれてからは、一度も戦争などは起きていないそうだ。

平和がいいよね。

ちなみに寄親《よりおや》は北のラグナード辺境伯様で、母様の生家なのだ。一応親戚なんだけど、家格は天地ほども違うよね。

ラドクリフ領はラグナード辺境伯領の北西の端っこに位置する、スウォレム山脈と大森林に囲まれたへんぴな場所なのだ。

王国の最北の地といえる。


質素な朝食を食べ終えて、薬草茶で一息つく。

紅茶なんて高価でめったに飲まないよ。

素朴な薬草茶も慣れればおいしいものだ。

僕がまったりしていると、父様がにっこりと笑って話しかけてきた。

「さてハクよ。五歳の誕生日おめでとう。それで、どのようなギフトを授かったんだい？」

ふたりの兄様たちも、興味津々でこっちを見ているね。

僕は正直にお話しした。

「うーんと、『しょくぶつさいばいまほー』という、スキルでした」

「ほぉ、植物栽培魔法かい？」

父様は嫌な顔ひとつせず、機嫌よく笑っていた。

「あとね～、『せいかつまほー』だったよ」

「生活魔法か……」

リオル兄が何事か考えながら、小さな声でつぶやいていた。

どっちかっていうと、平民に多い平凡な地味スキルだから、期待外れだよね。

まぁ、ないよりはマシって感じかな。

「生活魔法があると便利だよね」

レン兄がニコニコと笑ってくれた。レン兄の場合はまったく悪気がない。

「だよねー」

僕も気にせず、のほほんと笑い返しておいた。

兄弟仲はいいいんだよ。

むふふ。

「ふむ、ハクは農業の才能があるようだね。レンもリオルもいることだし、将来は好きな職業を選ぶとよいだろう」

父様は穏やかに笑っていた。

きっと僕が戦闘系のスキルでなかったことに、ホッとしていると思うんだ。

僕って小さくて成長が遅いんだよね。まだ上手にお話もできないし。

何より僕は三男だから、過度な期待はされていないと思う。どう見ても末っ子のマスコット枠だしね。

ちなみに、父様のスキルは槍術《そうじゅつ》・剣術・騎乗・土魔法らしいよ。

辺境の領主は優男では務まらないよ。危険と隣り合わせの領地だからね！

参考までに、レン兄のスキルは剣術と槍術と土魔法で、父様の遺伝だね。

リオル兄は弓術と剣術と火・風魔法。リオル兄は怒ると怖いんだから！


朝食後は、さっさと自分の部屋に戻る。

幼児がウロチョロしていても邪魔なだけだもん。

僕はまだ勉強もしていないし、ほとんどやることがないの。強いていえば、お昼寝と遊ぶのが仕事かな？

絵本を見ながら少しずつ文字の練習はしているよ。ようやくミミズがのたくった文字を書けるようになったの。

ほかの貴族家だと、もうとっくに厳しい教育が始まっていると思うんだよね。

その点では、田舎の貧乏貴族でよかったと思っている。

あくせく生きたくないものね。

小走りで戻ってきた僕の部屋は、こぢんまりとして狭いんだよ。

貴族家にこんな狭い部屋があるのかと、驚かれるかもしれないね。

窓辺に置かれた小さな机と椅子と、壁ぎわの小さな本棚と小物置場。あとは子ども用の小さなベッドとクローゼットがあるだけだよ。

前世でいうところの八畳くらいの大きさかな？

狭いけれど居心地はいいよ。むしろ、狭いからこそ落ち着くんだと思う。

子ども用の椅子に、「よいしょ」と腰かける。

僕はちっちゃいので、足をブラブラさせちゃうのはご愛嬌《あいきょう》だね。

さてと。

さっきの続きを始めようね。

ステータスオープンと、今度は声には出さずに頭の中で唱えてみる。

まずは植物栽培魔法とはなんだろう？

目の前に画面が開くと、今度は隅っこのほうに黒い影が見えた。

んん？　やっぱりピントが合っていないみたい。

何をしているのかなぁ？

『すみません。なかなか調整が難しいですね』

スキルの管理人さんはブツブツつぶやいていたけれど、一向に姿を現さないね。

まぁ、いいんだけどさ。

「早速で悪いんだけど、僕のスキルの説明をしてくれるかな？」

『お任せあれ！　まずは画面をご覧ください。スキル名の最後に※があると思います。そこをタップすると説明が表示されますよ』

言われたとおりにタップすると、画面上に説明が表示された。

植物栽培魔法　※

　植物を育てるために必要な魔法

　植物の種子・苗を創造できる

　土魔法・水魔法・光魔法・風魔法

生活魔法　※

　浄化・灯火・火種

管理人さんは口頭でも説明してくれた。

おおっ！　結構使える魔法が多いよ！

種や苗を創造できるなんて、地味にチートなのではないかな？

生活魔法も浄化があれば、最悪お風呂もお洗濯もいらないし（いや、本当はいるけど）、火種があれば火も熾《おこ》せるよね！

派手な攻撃魔法はないけれど、これでも十分だと思うよ。

貴族家としては、超がつくほどショボ過ぎるけどね。

生まれる家が違ったら、粗末に扱われたかもしれないね。

僕の家族はそんなことは絶対にしないけどさ！

さて、最後のユニークスキルの植物園ってなんだろう？
※をポチッとな〜。

植物園　※
　植物栽培用の異空間庭園（拡張可能）
　倉庫（時間停止・容量制限）

『植物園は植物を栽培する専用の土地です。たとえるならば農園ゲームと同じ仕様ですよ。保管倉庫は収穫したものをしまっておく、インベントリですね』

えっ？

栽培用の土地つきなうえに、倉庫まであるの！

容量は無制限じゃないみたいだけど……。

『初期の段階では最低限の土地と倉庫だけです。ハク様の経験と実績で、今後は拡張していきますので、がんばって生産してくださいね〜』

その言葉を聞いて、僕のテンションが一気に上がっちゃったよ！

似非《えせ》ガーデナーだった、前世の血が騒ぐじゃん!!

前世で育てたことのある植物を、創造して栽培してもいいのかな？

憧れのローズガーデンとか、ナチュラルガーデンとか！

夢は広い庭で植物を育て、日がな一日のんびり過ごすことなの。

僕はもう農家でいい！

小躍りしたい気分だよ～～。

『落ち着いてください！　無駄に血圧が上がりますよ』

管理人さんのツッコミが入った。

ちなみに僕はまだ幼児なので、血圧を心配する必要はないと思うけど……。

よし、いったん落ち着こう。深呼吸して、スーハースーハー。

五歳児の自由時間はたっぷりあるのだから、焦ってはダメだよ。


ふと、開け放った窓から外の音が聞こえてきたので、椅子から立ち上がってのぞいてみる。

屋敷の前庭では、兄様たちが従士とともに剣のお稽古をしていた。まだ子どものふたりは、従士に軽々といなされて、雑草の庭に転がされていたよ。それでもすぐに立ち上がっては、木剣を構えて果敢に向かってゆく。

僕にはマネできないよねぇ……。

剣で人間や魔物と戦うなんて、僕には絶対に無理だと思う。

僕は外をぼんやりと眺めながら、窓辺に頬杖《ほおづえ》をついて考える。

ラドクリフ家はレン兄が順当に継ぐし、リオル兄は攻撃魔法の才能があるから出世間違いなしだと思うんだ。ふたりとも見た目も文句なしだし、きっと将来はモテモテだよね。

ただ辺境の貧乏男爵家だから、お嫁さんが来てくれるか心配だけど……。

一方で三男の僕は、能力的にミソッカスってことになるよね？

この世界に味噌《みそ》はないけどね。

うふふ。

さて、お気づきでしょうが、僕には前世の記憶があるの。

といっても、自分がだれだったか、どんな生活を送っていたか、いつ死んだかなどは覚えていないよ。ただ自分が好きだったことに対する記憶だけは鮮明で……。

僕はガーデニングが大好きで、野菜から草花まで、小さな庭で雑多に育てていた記憶があるんだよね。中でも特に力を入れていたのがバラの栽培だった。

今世でも大好きなバラを育てたい。

それができたら、とても幸せに生きられると思うんだよ。

ああもうひとつ、まったり農園ゲームをしていた記憶もあったなぁ……。

思わず口がニヨニヨしてしまうのを止められなかった。

今世でも物心ついたころから庭の草花を見たり、土いじりをしてみたり、ときにはのんびり虫を

観察したりと、とにかく庭にいるのが好きだった。

そうしているうちになんとなく、じわじわと前世のことを思い出したんだよ。高熱を出して寝込むといった、お約束イベントはなかったね。

そんなわけで、ときどき変なことを言っては、変な子扱いされていたんだよ。だからこそ家族は僕のことを、温かく見守ってくれているんだと思う。

できの悪い子ほどかわいいって？　自分で言っちゃダメかな？

むふふ〜。


さぁーて、座り直して、いざ検証！

「管理人さん、『植物園』を起動するには、どうすればいいのかな？」

僕の言葉を受けて、管理人さんが説明してくれる。

『画面をタップしてください』

するとステータス画面が切り替わった。

緑の画面上に、三×三の茶色いマス目が現れる。

『次回からスキル画面を開くと、植物園の大地が表示されます。茶色い部分が畑になりますが、現在は九マスしかありませんので、あしからず』

見たまんま、前世でやっていた農園ゲームっぽいよね。たいていのゲームではスタート時に畑が一〜二個しかないもんね。

だとすると……。

茶色いマスの上に指を当てると、おイモのイラストが現れて、『ジャガイモ』と画面上に吹き出しが表示された。それを畑の上に指をスライドさせていくと、あ〜ら不思議。

ジャガイモが植えつけられちゃった！

「おおぅ……、まんまゲームだよ!!」

思わず言葉が出ちゃった。

『そうです。ハク様の記憶の農園ゲームと同じように、最初はジャガイモしか栽培できません。徐々に栽培できる作物が増えていきます。植物園内では季節に左右されることなく、繰り返し栽培できますので、ジャンジャン生産してくださぃ！』

あれ？　管理人さんは僕の心を読んでいるのかな？

『すべてお見通しです！』

そういうものなの？　まぁ、いいけど。

確かに麦かコーンかおイモは、ゲームの定番だったもんね。

だとするとレベルアップごとに、植えられる植物が増えるってことでいいのかな？

『その認識で間違いありません』

じゃあジャガイモの収穫までの時間は……、まるっと一日かかるみたい。

『ハク様はまだ五歳ですから、最初からなんでも簡単に作る必要はないでしょう。一日一回ジャガイモを栽培して、倉庫に在庫を保管しましょう！』

ゲームだったら二〜三分でできるんだけど、そんなにチョロくはないか……。

それでも現実では、植えつけから収穫までに百日くらいかかるから、一日でできるってすごいことだよね。

ちなみにこの世界の時間は前世とほぼ同じだよ。


一日は二十四時間。六日で一週間。五週で一箇月。十二箇月で一年（三百六十日）。

地球のように、うるう年はないんだよね。

ついでに長さの単位はセンテ（センチメートル）と、メーテ（メートル）ね。


早速九マス全部に、ジャガイモを植えて明日を待つことにした。

できたものを保存して、スキル倉庫から取り出せるかどうか、明日になったらわかるよね？

現実の世界に取り出せなければ、役立たず確定だから。

はい、そんな感じで緩く今日の検証は終わりだよ〜。

管理人さん、ありがとうね〜。

『どういたしまして』

スキル画面を閉じて、ほっと一息ついた。

あとはのんびり遊んでお昼寝をしようかな〜。

僕はトコトコ歩いて料理場へ行き、マーサにコップ一杯のお水をもらう。

お水を飲んで人心地ついたころ、玄関がにわかに騒がしくなった。

「まぁまぁ、そろそろご到着でしたね。坊ちゃま、お客様でございますよ」

マーサがニコニコと笑顔で告げた。

「お客様？」

僕は不思議に思って首をかしげた。

マーサは手早くコップを片づけると、小さな僕の手を取った。

「今日は坊ちゃまのお誕生日ですもの。お祝いにお客様がおいでくださったのですよ」

「だれ？」

「それは会ってからのお楽しみですよ」

にっこりと笑ったマーサに手を引かれてエントランスへ向かうと、父様と執事のバートンが来客の応対をしていた。

「遠路遥々《はるばる》ようこそお越しくださいました、お義父上《ちちうえ》様」

父様の声に視線を向けると、そこには厳《いか》つい大柄な老人と、数人の従者が歓待を受けていた。

「ジジ様！」

思わず叫んだ僕の声に反応して、老人はこちらに顔を向けると、笑って大きく手を広げた。

「おお、ハクよ！　いい子にしておったか？　どれ、ジジにかわいい顔を見せておくれ！」

僕はトコトコ走ってジジ様に駆け寄ると、勢いに任せて飛びついた。

「お久しぶりです、ジジ様！　お元気でしたか？」

「わしは見たとおり元気だぞ！　ハクも元気か？　少し大きくなったなぁ」

飛びついた僕を軽々と抱え上げると、愛《いと》おしげに頬ずりをした。

「ジジ様、おひげが痛いです！」

ちょっぴりイヤイヤしてみると、ジジ様は眉を下げて謝った。

「おお、すまん、すまん。ハクに会えてうれしくてのぉ。ジジを嫌いにならんでおくれ」

「嫌いになんてなりません。ハクはジジ様が大好きです！」

そう言って首に抱きついた。

ジジ様は僕の言葉を聞いて、うれしそうに目尻を下げて笑った。

知らない者が見れば、ただの孫大好き好々爺《こうこうや》だが、かつては北の剛勇と恐れられた、前ラグナード辺境伯ジル・ラグナードその人である。

ジルじい様なので、僕はジジ様と呼んでいるよ。

それを見ていた父様やジジ様の従者さんたちは、相変わらずの光景に苦笑していた。

「お義父上様、お疲れでございましょう。まずは旅の汚れを落としてお寛《くつろ》ぎください。バートン、ご案内を」

「かしこまりました」

執事のバートンが恭しく腰を折る。

「うむ、世話になるぞ、レイナード殿」

鷹揚《おうよう》にうなずいて、僕を抱っこしたまま移動しようとするジジ様から、父様は素早く僕を回収した。ジジ様は一瞬不満そうにしつつも、「またあとで、たくさん話をしよう」と、笑って客間へと歩いていった。

僕は見えなくなるまで、小さく手を振って見送ったよ。

「……父様、今日はごちそうが出るかなぁ？」

僕の関心がすでに夕食へ移っていることに、父様は苦笑していた。

僕を床へ下ろすと、優しく頭をなでながら言った。

「今日はハクの誕生日だからな。お義父上様もいらしてくださったから、今夜は少しだけ豪華になるぞ」

「やった～！」

僕は満面の笑みで、その場でピョンピョンと飛び跳ねて喜んだ。

晩ご飯が楽しみだね！

だって普段は本当に質素な食事なんだもの。ぜいたくをいってはいけないけど、お誕生日くらいは奮発してくれてもいいよね？

それだけを楽しみに待っていたら、夕食に鹿肉のソテーが出て、僕はお腹いっぱいになるまで食べたんだ。今日はみんな笑顔で食事を楽しんだ。

夕食後は家族の談話室に移動する。

ジジ様や辺境伯家からたくさんのプレゼントが届いていたので、レン兄とリオル兄と一緒に中身を確認した。絵本や子ども用の木剣のほかに、大量の服が入っていた。服といっても従兄弟《いとこ》たちのおさがりだけどね。

おさがりと侮ってはいけない。辺境伯家は男爵家とは格が違うから、うちでは仕立てられないような高級品ばかりなんだよ。

僕が普通の五歳児よりミニマムなせいで、サイズが大きめなのは仕方がないよね。マーサがあとで仕立て直してくれると言っていた。明らかに大きいものは兄様たちへ回されてゆく。

親戚がお金持ちって、本当にありがたいよね！

そのあとは楽しくお話をしたよ。

僕が得たスキルのことも当然話題に上ったけれど、それを聞いてもジジ様は笑っていた。

「よいよい」と目尻を下げながら、お膝の上に座った僕の髪を、愛おしげになでてくれたんだ。

ジジ様の孫の中で、唯一のゆるキャラ枠の僕。

僕は亡くなった母様の面影を、色濃く受け継いでいるらしい。

似ているといえばリオル兄も似ているけれど、リオル兄はシュッとしていて、ひとりでなんでもそつなくこなしちゃう、きれい系男子なんだよね。かわいいって感じはまったくないよ。

一方の僕は見た目からして、頼りない感じを前面に押し出している。

吹けば飛ぶような貧弱さだよね。

かわいくてちんまりしているところとか、構いたくなるのかなぁ？

髪も腰までの長さがあって、いつも後ろで結んでいるんだよ。

僕の母様は辺境伯家の娘だった。

辺境伯家は男系の一族で、男子ばかり授かっていたところに女の子が生まれたことで、それはそれは大事に育てられたそうだ。

しかし母様は生まれつき身体が弱かったため、ジジ様は政略結婚ではなく、娘の望む結婚を許したのだそうだ。どんなロマンスがあったのかは知らないけれど、父様と母様は貴族では珍しい恋愛結婚だったとか。

病弱といわれていた母様は、無事に男子を三人儲《もう》けることができたけれど、僕を産んだあとは寝つくことが多くなって、三年前の冬に風邪をこじらせて帰らぬ人となってしまった。

僕が二歳のころの話だよ。

だから僕は母様のことをほとんど覚えていないんだけど、家族と仲良く暮らしているから、ちっとも寂しくはないよ。

僕のお母さん代わりは侍女のマーサなの。

マーサにギュッとされると、お日様の匂いがして大好き！

そのせいもあってか、周りの大人たちは過保護気味なんだよね。

僕の好きなように生きればいいと、いつも言ってくれるんだ。

だから僕は遠慮なく、のんびりガーデニング・ライフを送るつもりだよ！

普通に爆睡した翌朝。

今日もいいお天気で、空気がおいしいね！

朝のルーティンをこなして食堂へ向かう。

朝食の席で、今日はジジ様が兄様たちにお稽古をつけるとお話ししていた。

がんばってね～。幼児な僕は、自由時間とお昼寝をがんばるから！

そんなことを、のほほんと考えている僕の横で、大人たちのお話はまだまだ続く。

九月にはレン兄が王都の学園に入学する。そのための準備や日程のお話だよ。

参考までに、レン兄は四月、僕が五月、リオル兄が七月生まれね。

貴族の子弟は王都の学園に入学する決まりがあるんだって。長子は必須だけれど、次子以降はその家の財政によって免除されることもあるそうだ。我が家みたいな底辺の貧乏貴族では、金銭面で厳しいところもあるから、その辺は配慮されているらしいよ。

レン兄の場合は早めに辺境伯領に向かって、マナーや社交ダンスや、一般教養の補習を受けるそうだ。家でもマーサやバートンから指導を受けているけれど、マナーなどは上位貴族に相対するにはいささか心許《こころもと》ないらしい。

「ダンスって何？」

レン兄は蒼《あお》ざめていたけれど……。

がんばって、レン兄！

王都の学園では、基礎学科を早期に履修すれば修了証書がもらえて、ほかの専門学科を受講できるようになるんだって。ダラダラと基礎学科に時間を費やさないように、早めに仕上げて入学するほうがいいのだとか。レン兄は騎士学と領地経営学を学ぶそうだよ。

長男って大変だね。

一箇月くらい辺境伯家で過ごしたら、そこから学園に在学中の従兄弟と一緒に王都へ向かうそうだ。王都までは馬車旅で、余裕を持って三週間前後かかるみたい。

到着後は辺境伯のタウンハウスから学園に通うんだって。

今が五月後半だから、六月いっぱいは辺境伯家で過ごして、七月は王都への長旅。八月は入学試験（基礎学科の学力試験で、基本は全員合格）など入学準備に充てる。そして九月から学園生活スタートとなる。

七月の移動旅には父様も同行して、王城にいろいろと報告するそうだ。下級貴族だから王様に謁見などはないそうだけれど、領の税務やら諸々《もろもろ》の報告が必要なのだとか。

確定申告的なものかな？

がんばってね、父様。

そんなわけで往復の二箇月近くは父様も不在になる。それでもお馬さんでパッパカ走って帰ってくるから、行きよりもずっと時間を短縮できるそうだよ。

とはいえ、レン兄や父様がいないのは寂しいねぇ。

しょんぼりさんだよ。

無意識に僕の口がとんがっていたらしく、リオル兄に摘ままれて笑われちゃった。

みんなも笑っていた。

むう。

大人たちのお話はまだ続くみたいだけど、幼児な僕はこの辺で退席するよ。

おじゃまになるだけなので、トットコ部屋に戻るのだ。


自室に戻って、定位置の椅子にちょこんと座る。

昨日の続きをやってみよう！

早速スキル画面を開いて、昨日植えつけたジャガイモのようすを確認してみる。

画面上では九マス全部で、いい具合に葉っぱが枯れていた。普通の農園ゲームなら、青々とした葉っぱや実が描かれると思うけれど、僕のスキルは妙にリアルな感じだよね……。

『収穫しますか？』

スキルの管理人さんが声をかけてきたので、「お願いします」と伝えてみれば、ジャガイモのイラストが倉庫へ飛んでいった。

おお！　この辺はゲームっぽいね。

でもその次は、マジでリアルだった。

『葉や茎を堆肥にしますか？　二十四時間かかります』

え？　消えずに堆肥にしてくれるの？　何それ、家庭菜園的には超親切設計じゃない？

「ぜひとも、お願いします！」

僕は迷わず返事をした。現実世界だと堆肥は土壌改良材として超大事なんだよ。堆肥の善《よ》し悪《あ》しで土の質が変わってくるんだから。

ちなみに異空間の植物園には、連作障害はないそうだ。

連作障害っていうのは、同じ土地で同じ科目の植物を繰り返し栽培すると、土が弱ってしまうことをいうんだよ。病害虫の被害が出やすくなって、結果的に生育不良になってしまうの。狭い家庭菜園で起こりやすいんだよね。

これを解決する方法は簡単で、次に栽培する植物の科目を変えればいいの。たとえばナス科の野菜を作ったあとは、アブラナ科の野菜を植えるとかね。

だけど一度連作障害が起きてしまった土を、健全な状態に戻すのはすごく大変なことで、前世ではいろいろ試した記憶があるんだよね。

ガーデニングも意外と奥が深いんだよ。

連作障害を考えなくていいのは、とてもありがたいので、スキルさんにお礼を伝えてみた。

『そうです、感謝してください！　特別仕様の畑ですから!!』

なんだか偉そうに返事をされた。

気のせいかな？

『気のせいです』

そうなの？　んん？

さて、もうひとつ検証したいのは、できた作物を取り出せるかってことだよね。

倉庫のアイコンをタップすると、ジャガイモの絵の上に数字『9』が表示されたので、さらにそこをタップしてみる。

それにしても、いちいち画面タップは面倒だよね。

サクッと脳内変換できないかな？

『取り出しますか？　必要なマスの番号を指定してください』

一瞬どうしようかと思ったけれど、頭の中で『1』と唱えてみる。

すると部屋の床に謎の魔法陣が現れて、立派なジャガイモの山がゴロゴロと転がり出たよ！

「おおっ!?」

瞬時に対応してくれるなんて、スキルさんは優秀だね！

『いえいえ、それほどでもあります！』

管理人さんは謙遜を知らないらしい……。

それはさておき、丸々と肥《ふと》った大きなジャガイモが、床に山積みになっている。大人の拳くらいはあるんじゃないかな？

僕はしゃがんで、ひとつつかんでみる。小さな子どもの手では、両手でひとつ持つのがやっとだった。手の平にズッシリとした重量を感じるよ！

おっきいねぇ〜。

思わずニヤケてマジマジ見ていると、（ジャガイモ　品質・最良。非常に美味）と、頭の中にアナウンスされた。

品質鑑定までしてくれるなんて、素晴らしい！

思わずジャガイモを掲げ持って、その場でくるくる踊ってしまったよ！

調子に乗り過ぎて、ちょっと目が回っちゃった。

落ち着こう、僕。

あらためて床の上のジャガイモを見る。

一マスから収穫できるジャガイモの量はざっと五十個くらいかな？

小イモは混ざっていないし、結構な収量だよね。今後レベルが上がっていけば、さらなる時間短縮と収量を見込めるかもしれない。

差し当たって、当面のあいだは在庫を増やすことに専念しよう。

そして今はまだ、スキルの内容は僕だけの秘密にしておこうね。

このスキルの有用性が知られると、僕はどこかへドナドナされてしまうかもしれないもん。

僕は田舎でスローなガーデニング・ライフができればそれでいいのだ。

そんなわけで、いったんジャガイモを倉庫に戻そうね。

うん、念じたらすんなり戻ったよ。

ほっと息をついて、椅子に座り直した。

もう一度スキル画面に戻って、茶色い畑マスに新しいジャガイモを植える。今度は植えてと念じるだけでオッケーだった。作業が楽になったね。というほどの作業でもないけれど。

収穫はまた一日後だ。

しかし植えられる植物はまだ増えない。

スキルを得て二日目だから、慌てても仕方がないかな。

植物栽培のスキルを使うと、わずかな魔力が消費されるようだけれど、微々たるものなので特に苦にはならない感じだよ。

もともと魔力は多い家系で、リオル兄と僕は特に多かったりする。子どものうちからそうなので、大人になったらもっと増えると思うんだよね。

僕の髪が長いのは、そのせいなんだって。

この世界では、本当に魔力は髪に宿るんだそうだ。

以前うっかりハサミで切ったとき、翌日の朝には元の長さに戻っていて、「すわ呪いの人形かッ!?」って、マジでビビッたもん！

そして父様にものすごく叱られて、マーサに大泣きされてしまったんだ。

僕もギャン泣きした記憶があるよ。

あのときはごめんね、マーサ。

去年の夏がすごく暑かったせいなんだもん。

長い髪って、暑いとメッチャ邪魔だよね！

植物魔法で気ままにガーデニング・ライフ

第二章

ポンチョの小人さんと不思議な仲間たち

Chapter.2

Enjoy a carefree gardening life with plant magic.

農園ゲームといえば、栽培担当キャラがいたりするよね。

そうそう、ジョウロを持った動物さんとかいろいろ。

どうやら僕の植物園にもいるみたい。

畑の横に二頭身のてるてる坊主のような、緑のポンチョ姿の小人さんがいて、ジャガイモのお世話をしてくれているんだよ。スキル画面越しに手を振ってくるので、僕も振り返してみたら、その場で淡く点滅しながらポフポフと跳ねていた。

喜んでいるみたい。かわいいねぇ〜。

畑の横には堆肥工場みたいなメルヘンな建物ができていて、中では茶色いポンチョ姿の小人さんがせっせと作業をしていた。

うーん。精霊さんか、何かかな？

考えても仕方がないので、「お願いします」と、頭を下げておいた。

従業員さんには心からの感謝を忘れずに。

はい、スキル画面での作業はおしまい。

今日はお天気がいいので、僕は外へ飛び出した。

屋敷の前庭はただいま剣のお稽古中なので、邪魔にならないように裏庭へとやってきたよ。ちびっ子がウロチョロしていたら迷惑だもんね。

裏庭といっても、大きな馬小屋と小さな畑があるばかりの、雑草が刈り取られている程度の無駄に広い庭だよ。面積だけは半端ないんだよね～。

ここは馬車の整備や、従士たちの訓練にも使われるよ。

来客があるときは、お客様のお馬さんや馬車も馬小屋で管理する。

放牧場は壁の外にあって、裏門からのぞけば間近に見えるよ。

屋敷の敷地を囲むように、高くて頑丈な石塀がぐるりと回されている。正面入り口の門と、裏門は金属製だ。

そんな裏庭の隅っこ。

石壁の辺りに行くと、背の低い雑草がビッシリとはびこっていた。

そこにしゃがんで草をジッと見る。

まぁ、ほぼ雑草だね。根が簡単には抜けない、ド根性なヤツ。草抜きに苦労するヤツだよ。

ときどき薬草があるね。

向こうの世界にもあった、ドクダミやヨモギやスベリヒユ。タイムもある。

おや、ミントもあるぞ。ミントやドクダミは見つけたらすぐに抜いちゃってね。繁殖力が旺盛で、抜いても抜いても生えてくるんだよ。植えるなら鉢植えがお薦めだよ。

ドクダミやヨモギは薬になるし、タイムやミントもいろいろな使い道がある。スベリヒユはたしか食べられるんだよね？

食べたことはないけれど……。

そしてこっちの世界の薬草といえば、ポーションの材料になるものを指すんだよ。


日当たりの良い草原に群生する『ヒール草』は葉の裏が青く、止血や再生の傷薬になる。

同じく日向《ひなた》を好むオレンジ葉の『マナ草』は、体力回復や魔力増強に使われる。

夜に白い花を咲かせ、森の奥に育つ『月光草』は解毒薬に。

清らかな水辺にしか生育できない、青い結晶の花をつける『クレール草』は、解呪や浄化作用が非常に高い。


この四つは多くの人が知っている薬草で、これらを組み合わせて調合するのが、薬師《くすし》や錬金術師になる。

もちろん、ほかにもたくさんの薬材が存在するんだけれど、それはプロにお任せだよ。

僕としては、将来的にこの四種の薬草を栽培できればよいと思うわけ。

だってもうかりそうじゃない？

うふふ。なんとかの皮算用だね。

ヒール草とマナ草は、結構その辺に生えているよ。ここは辺境だけに、魔素も濃いから生育良好で、草原や森の浅いところで簡単に採取できると聞いた。

なんなら庭の隅っこでも。

ちなみに魔素っていうのは、酸素のように空気中を漂う魔力で、この世界の生き物はすべて魔素の影響を受けている。魔素の少ない場所では生きていけないと聞いたよ。逆に濃度の濃い場所では、それを吸収してあらゆるものが強くなるんだって。

マナ草とヒール草は我が家の薬草茶の基本材料なんだよね。マーサ特製ブレンドは、爽やかなスッキリとした飲み口のお茶だ。一口飲めば病気知らずで、元気間違いなしだよ！

早速見つけたマナ草とヒール草を、土ごと採取してみる。

それを「保管倉庫に入れ」と念じれば、僕の手の上に小さな魔法陣が現れて、瞬く間に吸い込まれていった。念のためスキル画面を開いて倉庫を見れば、マナ草とヒール草のイラストが表示されたよ！

僕は思わず小躍りしてしまった。

やったね！

そうして適当に歩きまわってから、石壁から少し離れた硬い地面に手をつくと、土を耕すイメージで魔力を注いでみた。

あれだよ、植物栽培特化の土魔法を使ってみよう！

「えいっ！」

すると、どうだろう！　一メーテ四方の土がポコポコッと持ち上がったよ！

わぁ……、超地味。

でもなんかフカフカしてない？　なんか、いいんじゃない？

ここから石と雑草を取り除いたらよくない⁉

というわけで、やってみたら簡単にできた！

邪魔な雑草と石ころは、さっきの要領でスキル倉庫へポイッと保管しておく。

魔法万歳！　僕天才⁉

ひとりで悦に入ってホクホクしていると、不意に後ろから声がかかった。

「おや、坊ちゃん、何か植えなさるんで？」

振り返ってみると、馬屋番のトムが木桶を持って立っていた。

すっごくほほ笑ましそうに僕を見ていたんだけど。

なんだか幼児の土遊びと思われている気がする……。

「うん。勝手に掘っちゃった。ダメかな？」

「あっしは構いませんが、一応旦那様にお伺いしたほうがよろしいですかねぇ？」

「わかった。あとで父様に聞くね。だからこのままにしておいてね！」

せっかくがんばったのに、元に戻されたら大変だよ！

僕はトムに念押ししておいた。

「へい、かしこまりやした。お手伝いすることがあったらお声がけくだせえ、坊ちゃん」

トムは目尻に深いシワを刻んで、ニコニコ笑いながら馬屋へ歩いていったよ。

僕はしゃがんだままトムを見送った。

馬小屋の掃除かな？　ご苦労さま〜。

仕方がないので、今日はここまでにして、パパンに許可をもらいに行こうかな。

立ち上がって服についたホコリを払ってから、屋敷へと駆け出した。

もちろん井戸端で手洗いうがいを忘れないよ。ガラガラガラ〜。

あれ、そういえば、それこそ生活魔法の出番じゃないかな？

せっかく生活魔法を手に入れたんだから、使わなきゃ損だよね。

それでは早速、クリーン！

柔らかな光が僕を包み込んで、キラキラと破片のようにこぼれ落ちてゆく。

スッキリ爽やか、きれいになったよ！

このスキルはいつでもどこでも使えそうだね。僕はホクホクしながらお家《うち》の中へ駆け込んだ。

お昼ご飯のときに父様にお伺いを立てたら、あっさり許可が下りたよ。

「従士やトムの邪魔にならないところでやりなさい。ケガをしないように注意するんだよ」

父様は口元を緩ませて僕を見ていた。

スキルを使った初めての土いじりだから、単なる泥んこ遊びの延長だと思っているでしょ？

うふふ、立派な畑を作ってみせるからね！

とはいえ、続きは明日にしよう。お昼ご飯を食べたら、お昼寝タイムだよ。

ちょっぴり疲れていたみたいで、グッスリ眠っちゃったんだ。

まだまだ幼児なんだから、無理は禁物だよね！


翌日も朝から青空が広がっていた。

いい農作業日和だよ。今日も僕は元気ハツラツ！

父様とジジ様たちは、早朝から近くの森の見まわりに出かけていった。

辺境の最奥の村だけに、魔境と称される大森林に接しているので、日ごろから定期巡回をして魔物を間引いているんだ。

村と隣接する浅い森はキコリが下草を刈って、木を間引きし、狩人《かりゅうど》が野生動物を狩猟する。そうやって人の手が入った森は、比較的安全な森になるんだって。

一方深い森は父様や従士、ときに辺境伯家の騎士や冒険者などが、魔獣を討伐に向かう。危険な魔物があふれ出ないように、常に間引く必要があるのだ。

今日はその魔獣討伐に、超戦力のジジ様が参加する。

鬼に金棒だね。ん？　オーガにメイス？

やけにウキウキと、楽しげに出発するジジ様の背中を見送った。

お土産はお肉たくさんでお願いしますね！

気をつけていってらっしゃ〜い。

残った僕は相変わらずのお暇さん。

今日の午前中、レン兄は辺境伯領へ行く準備をすると言っていた。

リオル兄はそのお手伝いで、終わったらふたりで剣のお稽古をするそうだ。

年の離れた僕に構っている暇はないよね。

それでも午後は遊んでくれると言っていた。

それまでに、今日の予定を終わらせなくっちゃね。

まずは部屋で、日課になった植物園の畑からジャガイモを収穫して、倉庫へ移動する。

今日はちょっと思いつきで、残った枯れ草を草木灰《そうもくばい》にできないものかと管理人さんに聞いてみた。

草木灰というのは、草木を低温焼却してできた灰のことだ。

枯れ草や落ち葉などから作った草木灰は、石灰成分の割合が微量で、リン酸とカリウムを含んだ肥料になるんだよ。木を原料に作ると、アルカリ成分の割合が高くなるから、土の酸度調整に使える。

『では草木灰を作製します。完成まで三時間で〜す』

おお！　言ってみるものだね！

スキル画面の中では、新たな茶色の小人さんがやってきて、パチパチとたき火を始めた。

一生懸命お仕事をする姿がかわいいよ。

収穫後の畑には、相変わらずジャガイモを植えていく。

在庫は結構たまってきたんだけれど、まだまだジャガイモしか作れないんだよね。

まぁ、仕方がないかな。農園ゲームのように、簡単にレベルが上がるわけがないもんね。

幼児でチートをする気もないので、僕はまったり行こう。

スキル画面での作業が終わったあとは、庭へレッツ・ゴー！


昨日土を起こした隣の場所を、新たに二区画開墾する。

試験畑一メーテ四方×三区画の完成だ。

ここに植物栽培スキルで作った、ジャガイモの苗を植える予定だよ。

荒れ地だった場所に植えるわけだから、まずは草木灰と堆肥をすき込んで、土に栄養を与えるんだ。草木灰が完成するまでは特に作業もないから、今日はこれでおしまいだね。

ついでにジャガイモの苗作りも、管理人さんにお願いしておいたんだよ。

『人使いが荒いですね！　明日までにご用意いたします～』

管理人さんはそう言って、ブチッと勝手に画面を切った。

えぇ？


午後からは約束どおり、レン兄に絵本を読んでもらった。

談話室のソファにくっついて座り、レン兄はいつも優しい声で読んでくれるんだ。

対面の席に座ったリオル兄は、その声を聞きながら自分の勉強をしていた。

何度も読み返した絵本だから、もう一言一句覚えてしまっているんだけど、こうして読んでもらえるのはうれしいことだよね。

特にレン兄はもうすぐ王都へ旅立ってしまうから、一緒にいられる時間はもうそんなに残っていない。寂しさで胸がキュッとしちゃうんだ。

ちっちゃい子の面倒を見させてごめんね。だけど、今日はいっぱい遊んでもらうんだもん。

読み終えて、絵本を閉じたレン兄のお腹に抱きついた。

「レン兄様！　次はお庭で鬼ごっこをしましょう！」

「うん、いいよ。僕が鬼になるから、ハクは上手に隠れるんだよ？　できるかな？」

「はい！　がんばってかくれましゅっ！」

ちょっと興奮してかんじゃったよ！

レン兄はニコニコ笑って僕の頭をなでてくれた。

一緒に手をつないで庭に向かうんだけど、もちろんリオル兄も忘れないよ！　もう片方の手でリオル兄の手を引っつかむと、三人で一緒に駆け出した。

「坊ちゃま方、お屋敷内で走ってはいけません！」

遠くでバートンの叱る声が聞こえたけれど、僕らは笑って廊下を走ってゆく。

そのまま庭に飛び出せば、鬼ごっこに突入だよ！

レン兄が数を数えるあいだに、僕は小さな庭木の陰に隠れてドキドキしていた。リオル兄もどこかに隠れたみたい。

「どこに隠れたのかな〜？」

レン兄が探し始めて、少しするとすぐに見つかっちゃった！

「ほら、見つけたよ、ハク！」

レン兄が笑顔で僕を抱きしめたので、思わず「キャー！」と叫んじゃった。

ふたりで笑い合って、今度は一緒にリオル兄を探すんだよ！

「リオルはどこかな？」

「きっとあっちです！」

レン兄は僕の歩調に合わせてくれて、手をつないで駆け出した。

上手に隠れたリオル兄を探して、庭木の陰をくまなく見て歩く。

「いないねぇ？」

「いないですねぇ」

ようやく見つけたリオル兄は、裏庭の壁際で僕の畑を眺めていた。

「リオル、ここにいたのか。……あれ、こんなところに花壇なんてあったかな？」

フカフカの土を見て、レン兄が首をかしげていた。

「レン兄様、隠れ場所を探していたら、ここの土の色が違ったので見ていました」

「そういえば、昨日のお昼にハクが父様に花壇を作ってもいいかと、お伺いを立てていたね？」

リオル兄とレン兄が、そんなお話をしながら僕を見た。

注目の的の僕は、腰に手を当てて胸を張ってみせたよ。

「僕の畑です！　スキルを使って作っている途中なの！」

得意げな僕のようすを見て、レン兄はニコニコと笑った。

「それはすごい！　スキルを得て早々に使いこなすことができるなんて、ハクは才能があるんだね」

むふ～。そうなの、僕ってすごいよね～。

「へぇ、何を植えるんだい？」

リオル兄も興味津々で聞いてくるので、僕は元気に答えたよ。

「うんとねぇ、おイモさんを植えるの！」

「それは楽しみだね！　ああ、だけど僕はそのときにはいないかな……」

レン兄が少しだけ寂しそうにつぶやいたので、僕はハッとしてレン兄の手をギュッと握った。

「がんばっていっぱい作るので、帰ってきたら一緒に食べましょう！」

レン兄は少し驚いた顔をして、それから優しく笑って僕の頭をなでてくれた。

横ではリオル兄も小さく笑っていた。

レン兄はそんなリオル兄の手を取って、ちゃめっ気たっぷりにウインクした。

「はい、リオルも捕まえた！　今度の鬼はハクだけど、大丈夫？」

そうだった！　鬼ごっこの途中だったね。

するとリオル兄が笑いながら言った。

「ううん、僕が鬼をするよ。ハクとレン兄様は隠れていて。十数えたらハクなんか秒で捕まえるから、覚悟してね！」

「ぴゃっ！」

僕は飛び上がって大慌てで駆け出した。その背に兄様たちの楽しそうな笑い声を聞いた。

そうして何度か鬼ごっこを繰り返して、夕方までたくさん遊んだんだよ！

いっぱい笑って、すごく楽しかった‼


翌日になって、昨日作った畑に魔法草木灰を少量入れてすき込むんだけど、念のため、スキルの鑑定さんで確認してみる。

(魔法草木灰　品質・最良。アルカリ成分微量。肥料分多め。即時植えつけ可能)

石灰だったら土に混ぜ込んでから、二週間くらい置いたほうがいいけれど、この魔法草木灰は大丈夫そうだね！

耕すのは土魔法でグ～ルグル。

まぁ、簡単！

次に魔法完熟堆肥をドサッと投入！

(魔法完熟堆肥　品質・最良。有用菌配合済み)

そうそう、良い土には良い菌が必要なんだよ。乳酸菌とか酵母菌とか放線菌とかいろいろだよ。

またまた土魔法でグ～ルグルと土を混ぜ合わせる。

そこでちょっと考え込んだ。

ジャガイモは荒地でも育つというけれど、本当は肥料があったほうがいいんだよね。

肥料の基本成分は三つあって、葉を育てる窒素、実や花を育てるリン酸、根を育てるカリウムが必要なんだよ。ほかにもマグネシウムとかカルシウムとかあるけれど、今はいいや。

草木灰でリン・カリ成分は補えても、窒素分が足りないよね。窒素といえば、マメ科の植物の根につく根粒菌が窒素を固定してくれるんだよね？

するると管理人さんが教えてくれた。

『魔法堆肥にはマメ科雑草の葉や根も入れて、じっくり醗酵《はっこう》していますので、今年はこれでようすを見てください。いずれはマメ科の植物を栽培ローテーションに組み込むという方法もありますよ。植物園でも配合肥料を製造していきたいと考えております！　乞うご期待ですッ!!』

おお！　なんだか管理人さんが頼もしいね！

今はないものねだりをしても始まらないから、肥料は今後の課題として、まずはジャガイモを植えつけてみよう。

スキル倉庫画面を見ると、葉っぱがしっかり出そろった立派な苗が出来上がっていた。

魔法でズルしまくりだけど気にしないよ。

「苗さん、出ておいで〜」

念じれば、魔法陣から苗がポンと地面に飛び出した。

前にもちょっと触れたけど、ここは北方に位置する、いわゆる寒冷地なんだよね。

本来寒冷地ではだいたい四月下旬から五月上旬くらいに種イモを植えるんだよ。ジャガイモは涼しい気候を好むくせに、新芽のころに寒さに当たるとダメになっちゃうんだっけ？

何気に世話の焼けるおイモさんだよね。

今はもう六月で、種イモから育てるには植える時期が遅いから、苗を植えることにしたの。

ジャガイモの栽培日数はおおよそ九十〜百日だから、一箇月くらい時間短縮して、八月前半には収穫したいと考えている。

この畑では、現実世界での実際の成長具合と収量を確認したい。うまく育ったら、来年は村でも栽培できると思うんだ。なんといっても、ジャガイモは貧困の救世主だからね！

植物製のポットに入った苗を、そのまま等間隔で植えていく。

一×三メーテの畑じゃたいしたことはないけれど、幼児にとっては思った以上に重労働だった。

植えつけが終わったあとは「あ〜やれやれ」と、曲がった腰をトントンたたいてみた。

ここまでが一連の作業だよね！

うふふ。

さて、お次の検証は、植物栽培・水魔法だね！

植物を植えたらたっぷりのお水を忘れずにあげるんだよ。本当は先に植え穴に水を入れておくといいのだけれど、すっかり忘れていたんだ。

てへぺろ。

というわけで、いでよ、お水さん！

僕が空中に両手をかざして念じると、畑の上にモコモコと小さな雲が出現した！

僕は思わずポカンと口を開けちゃったよ!?　想像の斜め上をいっているね!!

すると、あ〜ら不思議。

雲さんからサァーッと雨が降り出した。いきなり散水シャワーモードですかッ！

思っていたのと違うけど、これはこれでいい！

「なんとッ⁉」

不意に後ろから声がしたので振り返れば、いつからそこにいたのやら、トムとバートンがあ然とした表情で立っていたよ。

えぇ……。またこのパターンなの？

いつから見ていたのかな？

「坊ちゃまがおひとりで小さな畑を作っていると、トムから報告を受けましたので、しばらく前から拝見させていただいておりました」

心配してようすを見に来たらしいバートンが、ニコニコと笑っていた。

トムも一緒になって笑っているよ。

「いや～、土がグルグルするのがおもしろかったですぜ！　土魔法の変わった使い方ですなぁ！」

ほうほう、普通はこういう使い方をしないんだね？

土魔法を農業に応用したら、メッチャ作業が楽になると思うんだけど……。

「さらに、急に魔法陣から堆肥や苗が出てきたときは驚きました！　坊ちゃまには収納スキルも備わっておいでででしたか⁉　希少なスキルでございますよ！」

いつもはクールなバートンが、妙に感情的になって興奮しているね？

しまいに小さな雨雲がモコモコと出現し、散水を始めたので、思わず物陰から飛び出してきてしまったそうだ。

「作業中の坊ちゃまの表情がそれは愛らしく、このバートンも楽しく拝見させていただきました」

どうやら、僕の百面相がかわいかったらしい。

僕の愛らしさは罪だね！

むふ〜。

ここは開き直って雲さんを紹介するしかない！

「ジョウロ担当の、雲のクーさんです。よろしくね」

僕がかわいく小首をかしげて言ってみたら、雲のクーさんもぺこりとお辞儀をしたので、なんだか大ウケしていたよ。

我が家の住人は、僕が変なことをしていても慣れたもので、温かく見守るスタンスだね。口うるさく言われないのはいいんだけど、突っ込まれると返事のしようがないよ？

雲のクーさんも、スキル画面の中で働く小人さんたちと同じ種族みたい。

今後は小さな畑に常駐して管理してくれると言っている。なんとなく、意思疎通ができるんだよね、ふっしぎ〜。

だったらここは狭いから、庭の中を移動してもいいか、父様が帰ったら聞いてみるね。

ずっと同じ所にいたんじゃ、つまらないもんね！

その日の夕食のときに、父様にクーさんの説明をして、あっさりと許可をもらった。

事前にバートンから報告を受けていた父様は、楽しそうに笑って快諾してくれたよ。

「明日紹介しておくれよ」

まぁ、口で言うより見たほうが早いよね。僕は素直にうなずいた。

翌朝、父様とジジ様は、突然できた畑とクーさんを見て大喜びしていた。

兄様たちは口をポカンと開けて驚いていたけどね。

それが普通の反応だと思う。父様とジジ様の反応がおかしいんだよ？

疑問に思わないのかな？

聞かれても説明できないけどさ。

僕はジジ様に抱っこされて、「偉い、偉い」と頰ずりをされた。

だからおヒゲが痛いってば〜！

父様からは、「壁沿いや屋敷の軒下なら、自由に植えていいぞ！」と、開墾許可をもらっちゃったよ。おお、それはラッキー！

だけど、その翌日は雨が降ったので、一日お休みした。


さらに翌日には、レン兄がジジ様とともに辺境伯領へ出発する。

レン兄とは来年の夏まで会えなくなるんだ。僕は寂しくてグズグズ泣いてしまったよ。

「お手紙くださいね」

「泣かないで。たくさん手紙を書くからね。ハクは風邪を引かないように、元気で過ごすんだよ？」

レン兄は優しく笑って、僕を抱きしめてくれた。

「リオルとも仲良くするんだよ」

そう言って、レン兄は明るい笑顔で僕らに手を振った。

僕はリオル兄に手をつながれて、家のエントランスからレン兄とジジ様たちを見送った。

その姿が見えなくなるまで、小さな手を一生懸命に振り続けたんだ。

涙がボロボロこぼれて止まらなくて、その日はずっとマーサに抱きしめてもらっていた。

まだ、上手に感情をコントロールできないの。

迷惑かけてごめんね、マーサ。

「寂しかったり、悲しかったりしたときは、泣いてもいいのですよ」

マーサは僕の背中を優しくなでてくれていた。


一晩寝たら元気を取り戻したよ。

僕はクヨクヨと引きずらない幼児なのだ。

気持ちを切り替えて、ポジティブに行こう！

それから数日に分けて、壁沿いの空いた場所に、一メーテ幅の畑を所々作っていった。

我が家は東南の方向に向かって屋敷が建っている。

正門から入って、向かって左手は家族や使用人の居住棟で、右手は来客用になっている。

さすがに来客用の前庭に、野菜は植えられないよね。お客様がびっくりしちゃうよね。

めったに来ないけどさ。

建物の裏側の軒下は、日陰で西陽《にしび》しか当たらないんだよ。それをいうと壁沿いも時間によって半日陰になるね。

う～む。問題は日照問題で、あっちの世界にいたときも、日当たりには悩まされたっけ。

ガーデニングあるあるなんだよね。

なので、僕は考えた。なければ作ればいいんじゃない？

「というわけで、植物栽培・光魔法、召喚！」

なぜ召喚なのかはわからない。雲のクーさんが出たんだから、ライトが出てもよくない？

単にそう思っただけ。

ピッカーッ！　と飛び出したのは、小さな輝く球体で、まさにミニ太陽ができちゃったよ！

ビバ‼

命名ピッカちゃんでヨロ！

キラキラ光るライトの魔法のつもりだったんだけど、なんだか違うものが飛び出してくるんだよね。幼稚な僕の想像力のせいかな？

えへへ。

ちょっぴりメルヘンな僕の植物栽培魔法は、予想の斜め上を行くかわいらしさだ。

雲のクーさんとミニ太陽のピッカちゃんコンビの結成だね。僕のお友だちが増えたよ！

どんどん、ぱふぱふ～。

日当たりの悪い場所を、明るく照らしてね！

ひとつ問題が解決したので次に行ってみよう！

植える作物を考えるために、一度部屋に戻って実験しよう。

ここは僕の植物創造スキルさんの出番だね。

目標は夏野菜各種だ。地球の日の丸国の、おいしい野菜を再現したい。

この世界の野菜は原種に近く、品種改良なんてされていないから、全体的に実が小さく食味もよくない。僕の味覚の問題だけど、酸っぱいトマトやイチゴより、甘いほうがいいと思うんだ。

なので、今日は植物園のジャガイモ栽培はお休みして、創造魔法で野菜の試作をおこなうことにする。

部屋の椅子に座って、いったん心を落ち着けよう。

まずは、魔法はイメージだと思うので、目を閉じて日本のトマトを想像してみる。

甘くて大きくツヤツヤな、なおかつ病害虫に強いハイスペックなトマトさんよ、来たれ！

ムムムムム。

すると魔力がスッと抜ける感じがして、両手の上にズシリとした重みが加わった。

そっと目を開けてみると、そこには真っ赤なツヤツヤ完熟トマトさんが鎮座していたよ！

「ヤッターッ！　できたーー!!」

『スキル植物創造が開放されましたね。創造した植物を栽培しますか？』

同時に管理人さんのアナウンスが聞こえた。

僕は興奮冷めやらないまま、管理人さんに質問してみる。

「果実から種を採取して栽培できるかな？」

家庭菜園で完熟させたトマトを、さらに追熟させると種子が取れるんだよね。あのヌルヌルをしっかり洗い流して乾かせばいいよ。

前世だと交配の問題で、親と同じものができない場合が多かったけれど、ここではそんな心配をしなくてもいいよね？

『可能です。この地の在来種として確立するように、食味の良い強健なトマトを作ってみせます！倉庫に収納し、倉庫から畑に移動してください』

管理人さんの指示どおりに実行すると、畑の一マスにトマトのイラストが表示された。

早速緑の小人さんがやってきて、トマトの周りで踊り出したよ！

緑色に輝くエフェクトがトマトに降り注いで、ビックリン。

『大玉トマトの種子採取まで、一時間かかりますよ』

おぉ、一時間で種子ができるのか。それを苗にすれば明日には植えつけできそうだね。

この調子でほかの野菜も作ってみよう！

定番のキュウリとナスは必須だよね。秋冬用にカボチャも植えておきたい。ウリ科ついでにメロンもいっとく？

この四種類を追加で創造してみた。

結構魔力が抜けて、ドッと疲れがやってきちゃったよ。

ちょっとクラクラするからヤバいかも……。

トマト同様に、スキルさんにお願いしてから、僕はベッドで休憩することにした。

まだ幼児なんだから無理は禁物だよね。横になった途端、一瞬で眠りに落ちちゃった。

超寝つきで爆睡したんだ。

お昼になってもグーグー寝ていたので、マーサをすごく心配させたみたい。

「坊ちゃま、どこかお加減が悪いですか？　ミルク粥《がゆ》を作りますか？」

額でお熱を測られちゃったよ。

魔力の使い過ぎで疲れたなんて言ったら、絶対に怒られるから、僕は「ちょっと眠かっただけだよ」と、素直に謝って遅い昼食を食べた。

お腹がペコペコなのに、ミルク粥になったら本当に倒れちゃうよね！

マーサの疑いを含んだ視線が、僕のキュートな後頭部に突き刺さるけど気にしないよ！


食後は魔力も回復してスッキリしたので、できた種から苗を作製しよう。

リアル畑にトマトとキュウリとナスを三マスずつ植えたいので、各十二株もあればいいよね。

「管理人さん。今は六月に入っているから、大きめの立派な苗を作ってほしいの。遅くとも八月後半には収穫できるくらいに」

『かしこまりました。サービスで立派な苗を作ってあげましょう！』

あっさりオーダーを完了した。

管理人さんは何げに上から目線だけど、融通が利くスキルだよね。

そろそろレベルアップしないかな〜。

まだまだ、気が早いかな？


翌朝目覚めると、野菜の苗が出来上がっていた。

今日は早速、植えつけをしよう！

昨日のことがあったせいか、マーサが報告したらしく、ちょっぴりバートンに叱られた。

「坊ちゃまはまだお小さいのですから、無理をしてはいけません。人手が足りなければトムや従士の手を借りて作業をおこなってください」

ピシャリと言われて、しょんぼりさん。

「ごめんなさい」と謝った。

見かねたリオル兄とトムが、植えつけ作業を手伝ってくれると言ったので、今日もがんばろう。

気持ちを切り替えていくよ！

畑の前にやってくると、倉庫の魔法陣からドドーンと苗を放出した。

茎の太い青々とした立派な苗に、惚《ほ》れ惚《ぼ》れしちゃうよね！　もう花芽までついているじゃん!!

キャーッ！　すてき!!

僕の謎行動を、リオル兄が興味津々で眺めていた。

「へぇ、トムから聞いていたけど、本当に魔法陣から出てきたね？　それって転移の魔法陣みたいなものかな？　転移陣ってすごく高度な魔法なんだよ」

あー、そんなご大層なものじゃないと思う。

魔法の原理なんて知らないけどさ。

「うんとねぇ、『しょくぶつさいばい』スキルの中に、ソウコがあってね、そこから出しているの」

「倉庫？」

「うん！　スキルで作ったものを入れておくソウコだよ」

ごめんね、リオル兄。幼児のボキャブラリでは詳しく説明はできないよ。

本人もよくわかってないしね！

リオル兄は「ふむ」とうなずいた。

「それがハクのスキルなんだね。アイテムボックスみたいなものかな？　それにしても結構レアスキルだよね。詳しいことはわからないけど、ハクに勉強が必要だってことはわかったよ。そろそろ始めてもいいころだと思うから、あとで父様に伝えておくね！」

すっごくいい笑顔でリオル兄が言った。

「えっ？」

この世の終わりがきたのかな？　いきなり世紀末なの!?

地味にショックを受けている僕を見かねたのか、トムが助け船を出してくれた。

「坊ちゃん方、早く作業を始めやしょう。ハク様どこに植えるか指示してくだせぇ」

おおぅ、そうだった。今は勉強のことは忘れよう。

「えーとねぇ、この葉っぱが青くさいのはトマトです。トマトは前のお庭のノキシタに植えるの」

キュウリとナスは裏庭の石壁側で、カボチャとメロンは屋敷の北側の軒下に植える。

日照問題はピッカちゃんが解決してくれるから、植える場所はどこでもいいのだ。

お水はクーさんが散水してくれるからお任せあれ。

なんとか要点を伝えることができて、僕は満足した。

そのあとは手分けして苗の植えつけをおこなったよ。大人のトムがいると作業が早いね。

慣れないリオル兄と、ちびっ子の僕はのろのろと作業していた。

そして全部の植えつけを終えて、三人で真新しい畑を眺めたんだ。

僕はやり切った！

心地よい疲れに、笑顔で額の汗をぬぐっている僕の背中に、リオル兄の生温かい視線がグサグサと突き刺さるんですけど……。

そんなに見つめちゃ、いやん。

「兄様もトムも、ありがとう！」

僕は心から感謝を伝えた。ひとりだったら終わらなかったと思う。

ほっと気を抜いたそのとき。

『レベルアップしましたよ～。新しいエリアと植物が開放されました！』

脳内に管理人さんの陽気な声が響いた！

イェイ！

昼食後にステータス画面を確認したら、三×三の九マスブロックが、二区画追加されて三区画になっていた。

新たに栽培できるものはコーン。定番中の定番だね。ジャガイモやコーンは比較的短期間で収穫できる主食系だから、初期導入になっているのかな？

貧しい農村の救世主的役割で、物語に登場していたような気がするよ。

実際に現在の食卓を見れば、食料豊富とはいえないもんね。

ほぼ毎食黒パンと具の少ないスープに、たまにサラダや森の果実がつくくらい。お肉がついたらごちそうだよ。お魚はめったに食べることがないね。

領主家の食卓がこれだと、領民はもっと質素だと思う。下手をしたら一日二食もありえるよね。

ラドクリフ領は貧しい領だから。

あらためてスキル画面を確認すると、スイートコーンが作れるようだ。コーンにはほかにも弾《はじ》けるものと、粉引き用や飼料向きの品種もある。

今回作れる甘味種《かんみしゅ》のスイートコーンは、寒冷地では五月中下旬に種をまけば、三箇月くらいで収穫できるんだよ。暖かい地域ならもっと遅く植えられるね。家庭菜園だと苗を買ってきて植えちゃうんだけど。

さて、レベルが上がったら、栽培時間が二十三時間になった。

微妙な感じだけど時間短縮はうれしい。

一区画は今までどおりジャガイモを植えて、新たな一区画はコーン栽培に割り振り、残りの一区画は植物創造魔法の試験場にしよう。

地道にレベル上げをがんばるしかない。

僕は植えつけが終わったスキル画面を見て考えた。

最初は野菜スタートになったけれど、実は僕の前世のガーデニングは、お花の栽培がメインだったんだよね。もちろん家庭菜園はやっていたから、多少の知識はあるけれど。

今世は前世の小さな庭でできなかったことをやってみたい。

お花を栽培できる日を楽しみに、がんばろうと思った。

考えるだけでワクワクしちゃうよね！


七月になると、父様も王都へ向けて出発していった。

辺境伯家でレン兄と合流し、一緒に王都へ出発する。三週間前後で王都に到着すると、父は王城で税の報告を済ませ、すぐにラドクリフ領へ戻ってくる予定だ。

五週間くらいかかるとして、八月中旬ころには戻ってくるだろう。

寂しいけれど、僕はいい子にして待っているよ。

父様が戻るころには、夏野菜もたくさん収穫できるだろう。

楽しみだね！

そうしてあっという間に、夏真っ盛りになった。

開け放った窓から聞こえる、セミの鳴き声がやかましい。

ミーンミンと大合唱だよ。君たちも大忙しだね。

僕も忙しくなった。

それまで自由だった午前中の二時間が、今は勉強の時間になっちゃったんだ。

リオル兄の余計な一言で、僕の自由時間が消えてしまったのだ！

ガッカリだよね。

勉強といっても、我が家に家庭教師を雇う余裕はないので、マーサやバートンが空いた時間に見てくれている。ふたりとも忙しいので、簡単な教本を片手に自習することが多い。

この世界の算術は算数レベルなので、九九と筆算でなんとかなりそう。

だけど読み書きはちょっと難しいの。幼児の柔軟な頭は、きっと勝手に覚えてくれるはず！　そう信じてがんばるしかない。

最近はようやく、文字の多い絵本をひとりで読めるようになった。手習い用の小さな黒板に書いた文字は、いまだに難読だけどね！

今日は一緒に自習をしていたリオル兄が、僕の文字の練習を見てくれているよ。

「ここの綴《つづ》りが間違っているね。……下手でもいいから、人が読める字を書くようになりなよ？

ミミズのダンスでは、だれも読めないからね」

字が汚いねと、リオル兄に言われちゃった。

自覚があるだけに否定できない……。

ミミズが文字に化けるのはいつだろうね？

落ち込んで口をとんがらせている僕の頭を、リオル兄が笑ってなでていた。


八月には、庭に植えたジャガイモの収穫を、トムや従士に手伝ってもらって終わらせたよ。

少し早いかもと思ったけれど、初収穫とは思えないくらい大きなおイモがたくさんできていた。

採れ立てをマーサに蒸《ふ》かしてもらってみんなで食べたら、しっとりしていてこれはこれでおいしかったよ！

残りは土がついたまま冷暗所で保管して、熟成させてから食べればいい。数はそんなにないから、なくなる前に僕の倉庫からコッソリ補充しておこうかな？

庭に植えたほかの夏野菜も順調に生育中だ。

毎日余るくらい収穫できている。全体的に実が大きめでツヤツヤの輝き。

まるで宝石のように輝くトマトさんの、なんとおいしいことだろう！

キュウリは歯ごたえが良く、焼きナスはとろっとジューシーな味わいだったよ！

我が家の食卓に朝採れ夏野菜が上ると、リオル兄はあまりのおいしさに言葉を失っていた。

ほかの家人たちもその甘さと瑞々《みずみず》しさに驚嘆していたね。無心で貪るように食べる彼らを見て、僕はにっこりと笑った。

そうでしょう、そうでしょう！

味わって、たんとお食べなさい！

数日後に王都から大急ぎで戻ってきた父様も、「おいしい、おいしい」と言って食べてくれた。

父様の喜ぶ顔を見れて、僕はすごくうれしかった。

ずっと僕たち兄弟の食事を優先して、自分の食事は控えめにしていたことを、僕は知っているよ。

リオル兄もマーサもバートンも口元をほころばせて、父様の食事する姿を見つめていた。

僕の得たスキルが、貧しいラドクリフ家の役に立つのなら、こんなにうれしいことはない。

お腹いっぱいに食べる父様を見て、僕は内心でガッツポーズを決めていた。

野菜は我が家で食べる以外に、従士たちにもお裾分けをして喜ばれたんだ。

食材が増えて必要量も補えるようになったせいか、栄養バランスも改善されたと思う。食物繊維やビタミンって大事なんだよね。

マーサも料理のしがいがあると張り切っていたし。

目に見えて、みんなの肌つやが良くなったよ。

これからメロンやカボチャも収穫できるから、楽しみにしていてね！

夏の果実的野菜代表、メロンの収穫まではあともう少しだ。

そういえば、夏の代名詞スイカをうっかり植え忘れていたね。来年は忘れないようにメモしておかなくちゃ。

作りたいものはまだまだあるから、来年はもっとがんばりたいな。

とある夏の暑い日。

僕は開け放たれた窓から、青い空とモコモコ入道雲を見つめていた。

従士たちが剣術の訓練後に、生野菜で栄養補給しているのを見ちゃった。トムもこっそりお馬さんにあげていたね。お馬さんたちもモリモリ食べていた。

それを見て、僕はひとりでニヤニヤしていた。

おもしろかったのは、従士たちが雲のクーさんに水をかけてもらっていたことだ。どうやらシャワーの代わりらしいよ。

クーさんも喜んで雨を降らせていた。

ミニ太陽のピッカちゃんは、夜になると玄関照明のお手伝いをしている。玄関先が明るくなったと、バートンが喜んでいた。

クーさんとピッカちゃんも、すっかり我が家の一員と認められたね。

ピッカちゃんはお日様が頂点のときは、クーさんの上に乗って、消灯して休んでいる。

クーさんも夏の日差しが強い日中は、大きな樹《き》の下で居眠りしている。

僕の世界は今日も平和だよ。


夏が駆け足で過ぎ去っていくと、あっという間に秋がやってくる。

来客用の庭はまだほとんど手をつけていない。

まだまだ僕の体力が足りないから、今はのんびり何を植えようかと考え中だ。僕としては癒やしの庭園を作りたい。我が家の顔になる場所なので、急がずゆっくり作っていこうね。

植物栽培スキルは順調にレベルアップしているよ。

今はレベル4になった。

畑は拡張されて、今は七区画だ。栽培にかかる時間が二十一時間になった。

主食系の定番である大豆と小麦が栽培できるようになったので、絶賛量産中だよ。

あとはニンジン、キャベツ、大根が追加された。

創造魔法で作った五種（トマト・キュウリ・ナス・カボチャ・メロン）は、すでにレギュラーメンバー入りして、栽培ローテーションに組み込まれている。

倉庫の容量は一品目ごとに増えるみたい。

これってほぼ無制限じゃない？　いつかカンストするのかな？

まだスキルを得て間もないから、備蓄を増やすことに専念しよう。

植物以外の加工品として、これまたメルヘンな麻袋工場ができていた。職人さんは緑の小人さん。

麻袋といっても原料は麻じゃないよ。前世でもたしかカラムシやイチビが主原料だったはずだ。

麻袋は根菜や穀物の収納に使えるから便利だね。収穫物が裸で魔法陣から転がり出てくるのは困るから、大助かりだよ。

苗用の繊維ポットの工場も常時稼働になっていた。

そのまま植えても土に分解される優れもの！　前世にも似たような商品があったから、記憶を読み取ってくれたのかな？

ある日突然、植物油の工場も操業していて驚いた！

管理人さんのお話では、現在は大豆から植物油を少しだけ作っているそうだ。主な目的は搾りカスで油粕《あぶらかす》肥料を作ること。

いつかは食用油も製造できたらいいと思う。

この世界では植物油ってすごく貴重品で高いから、一般では獣脂が使われているんだよね。

もともと揚げ物などの油料理もないからね。

植物油が量産できれば食生活が豊かになりそう。健康にもいいしさ。

あれもこれも栽培したくなっちゃうよね！

我ながら欲深いよね。うふふ。

植物魔法で気ままにガーデニング・ライフ

第三章　冬はのんびり

Chapter.3

Enjoy a carefree gardening life with plant magic.

季節は駆け足で巡って、あっという間に冬になった。

ラドクリフ領の冬は、雪が降り積もりビリリと冷える。内陸だしね。

さすがに朝はお布団から出たくない病。

でも遅くなるとマーサの雷が落ちるから、僕はモソモソとベッドから這《は》い出た。

素早くモコモコズボンと上着を着込んで廊下に出れば、屋敷内なのに吐く息が白い。

大きな部屋には暖炉があるけど、廊下までは暖房が完備されていないのだ。

「う〜、寒いぃ」

ブルブル震えながら井戸場に向かう。さすがに冬は外に出なくてもいいように、扉の前に水瓶《みずがめ》と洗い場が設置されているんだ。

水源はクーさんだよ。

「おはようクーさん。今日もお願いね」

挨拶しながら魔力をあげると、うれしそうに揺れていた。

冬場のクーさんは内勤なんだよ。マーサのお手伝い要員と化している。

料理場で煮炊き用の水を出したり、皿洗いのお手伝いをしたり、湯場の浴槽に水をためたり、洗濯の水を作ったりと忙しそう。

クーさんの水は夏でも冬でも同じ温度だから、「冬場は助かります」とマーサも喜んでいた。冬の水って刺すように冷たいから、家事をする人は大変だよね。

異世界といえば、お約束どおりお風呂はぜいたく品だよ。

我が家は一応貴族家なので、小さい『湯場』を備えている。

今はクーさんが水を用意してくれるけど、以前は井戸から数人で水を運んでいたんだよ。我が家には水魔法使いがいないからね。

温めるには薪《まき》を燃やすか、火属性の魔石を使うか、あるいは火魔法使いがお湯を沸かすしかない。

辺境なので薪が主燃料で安価だけど、つきっきりで沸かすから、手間も時間もかかるよね。

魔石は討伐した魔獣から採れるものだけど、領の貴重な財源にもなるから無駄遣いはしないいんだって。来客があれば使うけどね。

火魔法使いといえばリオル兄だけど、たまにはお手伝いしてくれるよ?

本当にたまにだけど。

なので、お風呂に入れるのは数日おきだ。それでもお湯につかれるだけでも幸せなことだと思う。

まったく入れないよりはマシだよね。

僕のように浄化魔法を持っている人はいいけれど、持っていない人は『浄化石』を使うんだよ。

『浄化石』っていうのは、特殊な魔法陣を刻んだ石で、それに手を置いて少しだけ魔力を流すと、浄化魔法が発動されて、全身スッキリするんだよね。

魔導士や錬金術師が作るもので、魔道具工房やギルドで買えるんだって。

実はこの世界の人は意外と清潔なんだよ。

ちなみにお手洗いは各階に二箇所ずつあって、地下の魔法浄化槽で解毒分解されて土に還《かえ》るんだって。詳しいことは知らないよ。

魔法って便利だね！

困ったときは魔法のせいにしておいたらいいよ。

お洗濯は洗濯機のような魔道具があった。水を入れたらグルグル回るんだよ。

初めて見たときはビックリしたんだ！

あとからマーサに、「洗濯場に入ったらいけません！」と叱られたけど。

ひとりで家事をこなすマーサのために、貧乏ながらも奮発して買ったんだって。あとは絞って干すだけでいいから、仕事が楽になったとマーサは喜んだそうだ。


僕は急いで暖炉のある食堂へ向かう。

食堂に行くと、すでに父様もリオル兄もそろっていた。

「おはようございます」

それぞれに挨拶をして席に着く。

早速運ばれてきた今日の朝食は、黒パンと根菜スープとベーコンエッグ。

植物園産の玉ネギとニンジンとヒヨコ豆が入った具だくさんスープは、腹持ちがよくてすごくおいしいよ！

そうそう、村で畜産をやっているから、新鮮な卵や牛乳も手に入るんだよね。

お高いけどベーコンやソーセージなども村で買えるそうだ。

パンはライ麦から作った黒パンが主流なんだよ。黒パンは栄養価が高くて長持ちするから、平民の主食になっている。冒険者の保存食にもなるね。

ただ硬くて酸味があるから、最初は食べにくかったけれど、この世界で五年も生きていれば慣れるというものだ。

おいしいあったかご飯を食べ終われば、家族の談話室に行って勉強をする。

談話室には暖炉があるからね！

そこから窓の外を見れば、雪が深々と降っていた。

部屋の中にはリオル兄と、かわいい精霊さんがふたりいる。


実は秋から冬のあいだに、もうひとつ変わったことが起こったんだよ。

クーさんとピッカちゃんのほかに、緑や茶色のポンチョの小人さんが姿を現したんだ！

あのスキル画面の中でお仕事をしていた、最初の精霊さんたちだった。

庭での畑仕事が終了した、ある秋の日に、のんびりスキル画面を眺めていたら、突然画面が輝いてふたりの小人さんが飛び出してきたんだよ！

そのときは、僕もビックリ仰天しちゃった！

ふたりは満面の笑みで、僕に抱きついてきたんだ。触れた瞬間にこの子たちが僕の魔法の源だとわかった。僕の大切な一部だと伝わってきて、すぐにふたりが大好きになったよ。

緑は植物精霊のグリちゃんで、茶色は土精霊のポコちゃん。

グリちゃんは若葉色の髪に薄茶色の瞳で、緑のポンチョにお花のブローチをつけているよ。

名前はグリーンのグリちゃんね。

ポコちゃんは土がポコポコ動く土魔法から、連想したんだよ。こげ茶の髪に黒いクリクリお目目で茶色のポンチョとグローブをはめている。

ちなみに植物園の中の小人さんは二頭身だけど、リアルな小人精霊さんは三頭身だった。

よかったよ。

現実世界で二頭身だったら歩きづらいもんね！

小人精霊さんは体長が五十センテくらいの大きさで、体重はすごく軽くて、宙に浮いて移動している。この子たちも魔力をあげると喜ぶんだよ。

みんな超かわいい！

グリちゃんとポコちゃんは、最初のころは僕以外の人には見えなかったんだよね。

しばらく僕と一緒に行動しているうちに、最初はマーサやバートンに見えるようになって、父様とリオル兄が気づいて、トムや従士たちにも認識されるようになった。

「ハクの後ろに、背後霊が浮かんでいるのかと思ったよ」

リオル兄が失礼なことを言った！

僕とグリちゃんポコちゃんが抗議すると、リオル兄は「ごめんね」と謝って、僕らの頭を順番になでてくれた。

あれ、僕も同じ扱いなの？

えぇ……？

グリちゃんポコちゃんのお仕事は栽培系なので、冬の今はそんなにやることはない。僕と一緒につるんでまったりしていることが多いね。

残るは風精霊のフウちゃん。

植物栽培・風魔法の精霊さんで、名前はそのまんまだよ。

風精霊さんのお仕事は草刈りと、通気や換気くらい。

フウちゃんがそこにいるのはわかるんだけど、いまだに姿を見せてはくれないんだよね。

恥ずかしがり屋さんなのかな？

コッソリお洗濯物を乾かすお手伝いをしてくれたりする、とってもいい子だよ。

僕のお友だちの精霊さんは、雲のクーさんと太陽のピッカちゃんを合わせて五人になった。

この子たちは僕の大事な分身で、家族なんだ。

屋敷がにぎやかになったね。

さて、夏から冬に至る今、スキルレベルは7になって、現在の栽培区画は十五区画に増えた。

玉ネギと白菜が開放され、栽培時間が十八時間になったんだ。

創造魔法では大豆以外の豆類を増やした。

植物園の倉庫に作りためていた野菜は、冬になってからコッソリ屋敷の倉庫に出しておいたんだよ。厳しく長い冬のあいだの、領民への食糧配給に使ってもらおうと思って。

父様たちには何も言わないで、こっそり隠れて置いてくるの。

だけど父様もバートンもトムも、ちゃんとわかっていて、黙ってそれを村まで運んでいってくれるんだ。

去年まではどうしていたのか、幼児の僕は知らないけれど、今年の冬は村のみんながお腹いっぱい食べられたらいいなと思ったんだ。

寒くてひもじいのは、とても悲しくてつらいことだもの。

今は野菜の出所を内緒にしておいてね？

領主の子としては、領民の食生活も豊かにしたいと考えているんだ。

僕にできることを少しずつやっていくからね。

来年の春になったら、父様に広い耕作地を貸してもらおうと思っている。その計画を考えるだけでも楽しくて仕方がないよ！

今はもう、春が待ち遠しいね！

植物魔法で気ままにガーデニング・ライフ

第四章 大きな畑作りと魔除草

Chapter.4

Enjoy a carefree gardening life with plant magic.

四月上旬。

雪が解けて日差しが暖かくなってきたら、ガーデニング・シーズンの幕開けだよ。

父様にお願いして広い荒地を借りることに成功した。

僕のウルウルおねだりは最強だね！

実は僕が家の敷地から出るのは、今日が初めてのことだった。

危険な魔獣が出る森が近いからなのか、家族が過保護なだけなのか？

僕がちっこくて鈍臭いからかもしれないね。

我が家は村の集落から離れた丘の上にあり、五メーテの高さの石壁でぐるりと囲まれている。重厚なこの石壁も、魔獣からの防衛対策なんだね。

それでも、空から攻められたらひとたまりもない気がする。今は僕の精霊さんたちがいるから、上空の防衛も強化されているのかな？

少なくとも、何かあれば気づいてくれるよね！

初めて門から出て外を見渡すと、村まで続く緩やかな道と荒涼な草原が広がっていた。

道の先には屋敷と同じように、高い防護壁で囲まれた村が見える。

壁の向こうに見える家々の屋根は、くすんだ茶色をしていた。ここから見る限りでは、寒村の寂れた感じがひしひしと伝わってくる。

これがラドクリフ領の現実なんだと思う。

僕はしっかりとその景色を見つめた。

そして視線を周囲に巡らせる。

遠くに望む山々の峰は、いまだ雪に覆われて白く輝き、裾野に広がる大森林は遥か彼方《かなた》まで続いている。霊峰と呼ばれるスウォレム山脈が、眼前に迫ってくるような迫力だった。

なんだか、アルプスの幼児になった気分だよ！

頬を刺す風は冷たかったけれど、僕は思い切り深呼吸をしてみた。

早春の風に思わず身震いしちゃったよ。だけど降り注ぐ日差しは暖かいねぇ。

春って感じがするよ。

集落の向こうには川が流れ、あの川が村の水源になっていることが窺《うかが》えた。

周辺の景色を眺める僕の隣に歩み寄った父様が、頭をなでながら教えてくれた。

「あれが我が領、第一のルーク村だ。開墾した当時の当主の名がつけられているんだよ。人口はおよそ二百人。農業と林業と畜産が主産業になっている」

あの壁は村の居住地を守る壁で、村の外周を囲む壁が別にあるそうだ。

その壁まではかなりの距離があって、遠くに薄《うっす》らと黒い線のように見えていた。

あの距離を歩くのは難儀そうだね。僕の足では日が暮れてしまいそうだよ。

父様の説明は続く。

「ルーク村は集落を真ん中にして、防護壁外の南側で主食のライ麦を生産しているんだ。畜産はレムル川を挟んだ対岸で放牧している。防護壁の中で野菜を育てて、なんとか生計を立てているんだよ」

お話を聞くと、生活は苦しそうだね。

外にはこんなに広い土地があるのに、魔獣の侵入を恐れて、限られた狭い敷地で野菜を育てるしかない。土地も痩せているので、冬にはどうしても困窮してしまうらしい。

冬場は黒パンと、魔獣の塩漬け肉がメイン食材になるので、深刻な栄養不足に陥っていたようだ。

それでもこの冬は、僕の植物園産野菜を定期的に配給して、ひとりの餓死者も出さずに済んだようだ。

お役に立てた僕は、ちょっぴり胸を張ってしまった。

えっへん！


僕はもう一度村を見まわして、牧場がある方向に視線を向けた。

「牛さんや羊さんは、森の側《そば》でマジュウに襲われないのですか？」

素朴な疑問を口にして、父様を見上げる。

父様はほほ笑みながら、僕の横にしゃがんで目線を合わせてくれた。

「当然家畜は大事な財産だが、一番に守るべきは領民だ。万が一魔獣が襲ってきても、家畜が足止めになる。そのあいだに村人は塀の中に逃げ込むんだ。子牛や子羊は母子《ははこ》で塀の中で飼育しているんだよ。生き延びればまたやり直せるからね。もっとも、魔獣があふれ出てこないように、父様たちが定期的に討伐しているんだよ。この森は広大だから、そうそう魔獣が大群になって押し寄せることはない」

まぁ確かに、何か突発事項がなければ、成育区域の違う魔獣が、一箇所に集まるなんてことはないよね。ゲームじゃあるまいし。

とはいえ、この森は魔素の濃い樹海だ。

この森の果てをいまだにだれも知らず、どこまでも続く恐ろしい森なのだという。

この森を開拓した先祖の苦労は、どれほどだっただろうか。

今いる従士たちの先祖や村人とともに、何代もかけて森を切り開いて村を興し、堅強な石壁を築いて守ってきたのだと、父様は誇らしげに笑った。

これらを僕らが引き継いでいくのだと思うと、わけもなくうれしくなったよ。

「ここから馬車で、半日ほど東南に進んだところに、第二のカミーユ村があるぞ。そっちのほうが比較的森が浅く、安全で住みやすい。人口も三百人を超えているんだ」

カミーユ村は二代目の当主様のお名前で、ルーク村に比べると肥沃な土地で、小麦の栽培を主産業にしているのだそうだ。

ここから見えるあの川に沿って、街道が延びているようだ。

ちなみにカミーユ村からさらに半日で、辺境伯領のコラール村に着くので、野営なしで村々を移動できるため、交通の便はさほど悪くないという。

ルーク村とカミーユ村がラドクリフ領で、広大な面積の割に人口はメッチャ少ない。村の規模からみると、ラドクリフ家はがんばっても代官レベルだよね。

それでも危険な辺境を開墾して国土を広げた功績で、王様から男爵位を賜ったんだって。

ご先祖様はすごいねぇ。

さて、父様が今日の本題を切り出した。

「屋敷から村までの道の、両脇の草原は自由にしてもよいぞ。ただし石が多い痩せ地だ。それでもよいか？」

僕を見つめて問いかけてきた。

「少しずつやってみます」

多分僕のスキルで、なんとでもできると思う。僕は力強くうなずいてみせた。

「うむ。では条件をつけるぞ」

ひとりで出かけないこと。

必ず護衛をつけること。

視線を遮るような草丈の高いものは植えないこと。

地盤を崩さないように注意すること。

道は汚さないこと。

森には絶対近づかないこと。

「何よりもケガをしないことだ。あとは好きにやっていい！」

ニカッと男臭く笑って、僕を抱き上げる父様。急に高くなった視界に驚いて、僕は思わず父様の首にしがみついた。

危ないなぁ、もう！

プリプリふくれる僕のほっぺに、父様は「すまん、すまん」と言ってキスをした。

子どもながらに愛されていることを実感するよね。

うう、パパン大好き！

僕もギュウッてしてあげる！

この父様のためにも、村を少しでも裕福にしたいと思うんだ。

がんばって貧乏から脱却しなくちゃね！

四月も中旬になると、少しずつ寒さが緩んでくる。

今日はポカポカ陽気で、農作業日和だね。

グリちゃんポコちゃんと一緒に外に出てきたよ。

本日のおともは従士のヒューゴ。五人いる従士の中では二番手の、熊みたいに大きくて茫洋《ぼうよう》とした黒髪のおじさんだ。見た目どおり腕っ節も強くて力持ち。土魔法の使い手だそうだ。

先祖が開拓民だったからなのか、トムやほかの従士たちも土魔法のスキル持ちが多い。

よーしっ！　農作業開始！

まずは地面の傾斜を確認する。

傾斜は緩やかに下ってゆく感じで、土が流れるほどではなさそうだけど、階段状の段々畑にしたほうが安全かな？

家の防護壁から五メーテぐらいは、馬車が通れる道幅があるから、手をつけないでおこうね。

土留めをしっかりしたいので、土精霊のポコちゃんに要相談だ。

ポコちゃんは「任せておけ」と言わんばかりに、胸をポンとたたいてみせた。

いや、しゃべってないよ。なんとなく言いたいことが伝わってくるんだよ？

以心伝心かな？

さすがは僕の精霊さん！

「あ、ポコちゃん。防護壁前の道をならして、補強もお願いできるかな？」

ポコちゃんは土魔法を駆使して、あっという間に防護壁周りの道を補強してくれたんだ。舗装とまではいかないけれど、デコボコやわだちがなくなってきれいな道になっていたよ。

ブラボーッ！

ポコちゃんカッコイイ!!　ありがとうね！

僕とグリちゃんは、ポコちゃんの活躍を拍手喝采で称《たた》えた。

ポコちゃんはカッコよくポーズを決めていたよ！

「定期的に修繕をお願いしてもいいかな？」

ポコちゃんはキリリ眉毛で胸を張ってうなずいてくれた。

そのワチャワチャした子らの姿が、ヒューゴの目にどう映っているかは知らない。

考えてはいけない。

「たいしたモノですねぇ」

僕らのようすを眺めていたヒューゴは地面に腰を下ろして、拍手しながら感嘆の声を上げた。

なんで寛いでいるのよ？

「ヒューゴも土魔法が使えるんだよね？　手伝おうって思わない？」

「俺は坊ちゃんの護衛ですから、周囲の警戒で忙しいです。がんばって、坊ちゃんたち！」

のんびりとした声で応援されちゃったよ。

なんだか納得いかない気持ちになりつつ、作業を続行することにした。


お次は雑草さんだね。

有用な植物はぜひ採取しておきたい。野草で食べられるものがあったらいいなぁ。

ああ、そうだ。僕は怠け者ヒューゴに聞いてみた。

「ねぇヒューゴ。魔除草《まよけそう》はどんなところに生えているの？」

「魔除草ですか？　結構どこにでもあるんですけどねぇ。小さいし、まとまって生えることはないんで、見つけにくいんですよねぇ……、っと、これだ」

ヒューゴは腰を下ろした周辺の草をむしりながら答えてくれた。そして意外とあっさり見つかっ

て拍子抜けする僕。

「え？　こんなところにあるの？」

僕とポコちゃんとグリちゃんは、ヒューゴの前までトコトコ駆け寄った。

幼児と小人に詰め寄られたヒューゴは、ニヨニヨ笑って手にした魔除草を見せてくれた。

おじさん、どさくさに紛れてグリちゃんをなでているよ！

ヒューゴはどうやら子どもが好きなようだね。

見せてくれた魔除草は、薄紫の五枚花弁の花をつけた植物だった。葉っぱの裏も紫色。リーフだけでもガーデンのアクセントになりそうな葉色だった。なんだか、葉っぱはムラサキオモトに似ている気がする。

しかし株が小さ過ぎて、これではほかの雑草の陰に隠れてしまうね。

明らかに繁殖力が弱そうだ。

「コイツはとにかく種が細かくて、風でどこへでも飛んでいくんですよ。それであちこちにあるんですけど、どうにも発芽率が悪いらしいんで。それに根つきが悪くてほかの雑草に負けるんですよ」

ふむふむ。結果的に絶対数が少なくなっているんだね？

微細な種は発芽させるのにコツがいるんだよね。風で飛ばされちゃうとか、発芽のときに光が必要なものとか。小鳥に食べられることもあるかな？

僕が魔除草を睨《にら》んでいると、脳内でアナウンスされた。

（魔除草　魔素の濃い土地を好む。直根で移植を嫌う。植生地が合えば大株に育つ。匂いを嫌って

植生地に魔獣が近づかない。乾燥させていぶすとさらに魔獣除《よ》けの効果がある。死霊にも効果がある）

植物栽培スキルの鑑定さんは優秀だね。じっくり見ただけで説明してくれる。

僕は思わず葉の匂いを嗅いでみた。なんか独特の匂いだ。

たとえるなら、ほんのりショウノウ臭いかな？

魔獣のほかにも死霊にも効くなんてすごいね！

「グリちゃん、ポコちゃん。この草を植物園で育てられるかな？」

僕とグリちゃんポコちゃんは、頭を突き合わせて相談を始めた。

植物園でポット苗を育てて、道端や壁沿い、森沿いに植えたらよくない？

二人は「うんうん」とうなずいてくれた。


そうと決まれば植物栽培魔法、発動！

「見える範囲の草を全部採取してください。有用な草と雑草を識別保管お願いします！」

ついでに石ころも分別して倉庫へポイッと。

あとでブロックやレンガに加工できないかなぁ？　なんて考えてみた。

『できますよ。そのまま倉庫に放り込んでおいてください』

スキルの管理人さんがあっさり返事をしてくれた。

え、できるの？　じゃあお願いします！

ぽぽぽん。すぽぽぽん。

見渡す限りの草が、土から抜けて空中に浮かび上がると、倉庫の魔法陣におもしろいように吸い込まれてゆく。

僕とグリちゃんとポコちゃんは、大喜びで飛び跳ねていた。

そのようすを、あ然と口を開けて見ているヒューゴの顔ったら。

これってちょっとした魔法ショーだよね！　宙を飛ぶ雑草の舞！

僕は思わず笑ってしまった。

楽しいねーッ！

雑草と石を取り除いたあとの土に、魔法草木灰を薄く広くまんべんなく散布して、魔法堆肥を投入し、それらをポコちゃんにしっかりすき込んでもらった。

今日の仕事はここまで。

ポコちゃんお疲れさまでした。ぺこりさん。

お互いにお辞儀をして今日の農作業は終了した。

このあと一週置いてから魔法肥料をすき込んで、さらに一週間くらい馴染《なじ》ませる予定だ。

僕が使うのは魔法の草木灰と堆肥と肥料だから、化学反応を心配する必要はない。

単純に気温が上がってくるまでは、何も植えられないから放置する。

そのあいだに植える苗を育てるよ！

作付け計画も立てなくっちゃ。

春は忙しいね〜。

「ヒューゴ、今日は終わりね〜。おうちに帰るよ〜」

「もうよろしいんで？」

「いいよ〜、お昼ご飯の時間だもん。午後はお昼寝するんだよ」

僕はポコちゃんグリちゃんと、お手手つないで帰るのだ。

陽気に歌っちゃおうかな？

「はぁ、うらやましいことで……」

マイペースな僕らの背に、ヒューゴの気の抜けた声が聞こえた。

お昼寝は幼児の大切なお仕事だよね！


お昼寝後は、採取した雑草類の確認をする。

椅子に座ってスキル画面を開き、倉庫内のイラストと名前を照らし合わせてみた。

魔除草は一番に仕分けして、空いている畑に植えつけるように管理人さんにお願いをした。

「当面、魔除草を最優先で増産しようと思うの。ポット苗でしっかり根を回らせてほしいな」

『かしこまりました。超特急便で仕上げます！』

管理人さんはときどき変な言葉を使うね？

『失礼な！』

なんだかプリプリしているね？　カルシウム不足じゃないかな？

管理人さんは放っておいて、次の植物はと……。

ここにもヒール草とマナ草があったんだけど、以前庭で採取した株があるから、これは保管倉庫にしまっておこうね。

食べられる野草はノビルくらいかな。ツクシ・フキノトウ・タンポポなんかは放っておいても勝手に生えてくるよ。ド根性な根っこをしていて、庭では厄介者だったよね。

作り方は知らないけど、タンポポからコーヒーを作れるんだっけ？

それならいつか植物創造魔法で、コーヒーの木を作りたいよねぇ。

僕は大人になったらカフェオレが飲みたいなぁ。

甘くておいしいのがいいね。

なんてことをのほほんと考えながら、ほかの雑草は堆肥工場に回した。

そして、たまりにたまった石ころや粘土などを活用して、ブロックやレンガを作ってもらおう。

「よろしくお願いね！」

『へ～い、かしこまり～』

あとはやる気のない管理人さんにお任せだよ。

植物栽培スキルでできることは、今はこのくらいだね。

僕は小さな机に向かって紙を広げる。

紙といっても製紙機械のない世界だから手すきの紙になる。

公文書などは、まだまだ羊皮紙の時代だよ。

紙はメッチャ高価だけど、誕生日プレゼントにジジ様からもらったものだ。

紙の目が少し粗くてペン先が引っかかるので、木炭を古布で巻いてチャコールペンシルふうにして文字を書く。

さてと、僕は屋敷前の畑の、作付け計画図を作ろうと思う。

屋敷から村までの道をザックリと描いて、道は縦線で畑は横線で区切る。

少し傾斜があったから、段々畑になるようにしよう。

輪作できるように、上から下に横に四分割が無難だね。道の左右で耕作地は八面できる。

野菜やお花を植えるときに、考えなきゃいけないのは連作障害なんだよね。

たとえば一年目ナス科→二年目マメ科→三年目アブラナ科→四年目ウリ科のように、科目の違う植物をローテーションして育てることを、輪作というんだよ。

ほかにもユリ科・アオイ科・イネ科などの野菜と組み合わせるといい。

それを踏まえて、今回は四科目の植物を一段ずつ植えてみようと思うんだ。


父様が示した作物の条件は、背丈が大きくならないものだったよね。

これは多分、防衛面で魔物や侵入者を見つけやすくするためなんだと思う。背の高い植物は、それだけで視界を遮って、隠れる場所を作ってしまうからね。

痩せ地にジャガイモは必須だよね。あとは大豆か枝豆、スイカかメロンに地這《じば》いキュウリ、葉物はホウレン草とかキャベツやカブとか？

むぅ。考えちゃうなぁ。

欲張ってもダメだよね。キャベツは難しいかな？前世で結球させせられなかった記憶があるなぁ。

でも精霊さんたちもいるから、なんとかなると思う。

収量が多くて育てやすいものがいいよね。

よし！

村に近い一段目は左右ジャガイモで決まり。保存の利く主食系は外せないよね。

二段目は片方スイカで片方メロン！　フルーツ系野菜は夏のごちそうだよ！

三段目はカブとキャベツ。カブは種から、キャベツは苗を植えてみよう。

四段目は半分枝豆にして半分は大豆にしよう。収穫時期が違うだけで同じ植物だけどね。

ナス科、ウリ科、アブラナ科、豆科で大丈夫だね。

手元の紙に書き込めば作付け計画図は完成だ！

父様にあとで報告しよう。

そのとき一緒に魔除草の栽培の件も伝えておきたい。

村人にも手伝ってもらって、石塀や道路沿いに植えたらいいと思うんだよ。

魔除草で村を魔物から守ろう計画だ！

そんなわけで魔除草を集中栽培して一週間。作り過ぎるくらい作った。

根のしっかり張った立派な苗がたくさんできたよ！

声を大にして叫びたい！　僕はがんばった！

正確には僕のスキルと精霊さんたちががんばった！

管理人さんはどうでもいいかな？

『私の扱いが雑ですね！』

何か言っているけど気にしないよ！


というわけで、父様に報告&相談会を開催してみよう。

今日は庭に全員集合してもらった。

「みな様、お忙しい中お集まりいただき、ありがとうございます」

ぺこりと真面目に挨拶したのに、みんな胡散臭《うさんくさ》げに見るのはなんで？

僕かわいいよ？

「ずいぶんと丁寧だねえ。みんなを集めた理由はなんだい？」

父様はおかしそうに目を細めて笑った。

「はい、こちらをご覧ください」

僕はもったいぶらずに、植物栽培スキル倉庫から魔除草の苗を取り出した。

はい、ドーンッと！

魔除草のポットが十五個入った植物製トレイ、水はけ良し！

「魔除草の苗、品質は最良です！」

ドヤッと、胸を張ってみた。

みんなは驚嘆して固まっている。

「……っ!?」

そうでしょうとも!

栽培が難しく、数も少ないといわれる魔除草が、目の前にたっぷりあるんだから。

しかも見るからに立派な苗だもん。こんなに立派な苗は、種苗店にも売っていないよ!

この世界に種苗店があるのかは知らないけどさ。

鼻息も荒く胸を張っている僕に、父様が慌てて問いかけてきた。

「ハクよ、これは魔除草か? いったいどこでこれを?」

よくぞ聞いてくれました!

「この前畑を作るときに、ヒューゴが見つけてくれたものを、ボクのスキルで増やしました。数はたくさんあります。これを村の壁や道に、みんなで植えてください!」

一斉にみんなの視線がヒューゴに向かう。

注目を浴びたヒューゴは一瞬たじろいだ。

「あ〜、そういえば坊ちゃんに、そんなことをお話ししましたねぇ」

僕はウンウンとうなずいた。

ヒューゴのお手柄だと思う。あとでご褒美にジャガイモを一袋あげよう!

「僕のスキルで苗は作れても、ひとつずつ人の手で植えないといけないんです。できれば村人の手を借りたいです。魔除草が増えれば、少しは安全に暮らせるようになると思います」

僕は一生懸命伝えたよ。

父様の顔つきが真剣なものに変わった。

「苗はかなりの数が用意できるのかい？」

おお！　食いついたぞ。

「はい。このカゴに十五ポット入っています。このポットごとスコップで穴を掘って植えるだけなので、女性や子どもでも植えつけできると思います。必要なら堆肥や肥料も出します！」

僕はスコップを片手に、ジェスチャーを交えながら説明した。

あ、だんだん滑舌よくしゃべっちゃったよ。

まぁ、いいか。

てへぺろ。

父様は魔除草の苗を見つめながら、顎に手を当てて考え込んでいる。

いろいろ難しいことを考えるのは、大人の仕事だよね。

バートンやトムや従士たちも落ち着かないようすで、父様の判断を待っているようだ。

むむ、ここはもうひと押しが必要かな？

「すぐに全部植える必要はなくて、仕事が空いたときに植えたらいいと思います。あと、手伝ってくれた人には、野菜の苗や堆肥や肥料を差し上げます！　村でもおいしいジャガイモや野菜を育ててもらいましょう！」

目指せ、自給率アップ！

タダで人を動かすのは大変だもん。対価があれば参加しやすくなると思うんだ。

僕のスキル倉庫の在庫があふれているし、この方法ならラドクリフ家の懐も痛まないよね。

それまで黙っていたリオル兄が声を上げた。

「何やらいろいろ気になることはありますが、理にかなっているのは確かですね」

おおぅ。辛口のリオル兄がめずらしく肯定的発言をした！

明日は雨かな!?

するとそれを皮切りに、みんなが意見を言い始めた。

「いいんじゃないですか？　魔除草の効果は実証されていますし、外周の防護壁の外にも植えたらいい！」

「街道沿いにも植えたいな！」

「放牧地の周りにも欲しいですなぁ」

「領主命令で動員できるでしょう。対価があるなら不満が出るどころか、こぞって参加してくれると思います」

「安全にカミーユ村と行き来できるようになれば、交流が活発になるやもしれませんぜ」

「それに魔除草が安定的に手に入れば、加工して販売もできますね！」

「そうそう、冒険者ギルドに売れるッスよ！」

最後に気になる意見があったので、心のメモに記しておく。

とりあえず、みんなが賛同してくれたみたい。

「だが」と、父様は少し困った顔を僕に向けた。

「魔除草があれば、今よりもっと安全性が増すのは確かだが、ハクのスキルへの依存が高過ぎる。お前はまだ幼い。負担になったりしないかい？」

一番に僕のことを心配してくれるなんて、パパンは優しいねぇ。

優先すべきは領民や領地のはずなのに。

うふふ、心がポカポカしてくるよ。

「大丈夫です。魔除草のほかは、去年からコツコツがんばって作りためたものです。僕だって父様の子です。村のためになりたいし、いつかは兄様たちを手伝いたいです」

胸を張って言った僕を見て、マーサが「立派に成長されて」と泣き出した。

バートンもトムも目頭を押さえている。

えぇ？

ちょっと涙もろくない？

リオル兄は相変わらず、涼しい顔で僕を眺めていた。何を考えているかわかんないけど。

そのあとの大人たちの話し合いとかは、僕は知らないよ。

村長とか村の顔役と自警団を交えて、話は詰められたようだ。

僕のお仕事は荷馬車に魔除草の苗を出して載せること。それを満載した荷馬車で、トムが村の広場まで運んで置いてくる。

何回も往復してご苦労様。

苦労をかけるお馬さんたちには、サービスで特製ニンジンをあげておいたよ。

トムとは馬小屋の側で、一緒にこっそりメロンを食べたりした。


魔除草の苗は手のすいた村人が、仕事の合間に順次植えつけをおこなっていく。老若男女が手分けして作業を進め、数日後には村を取り囲む防護壁周りの植えつけが終わった。

早いね！

実はこれには理由があって、株と株のあいだをゆったり開けるように指示したからなんだよ。

僕の植物園産の苗はこれから大株に育つし、それにあとからでも株間は埋められる。

今は等間隔で魔除草を植えることを優先してもらったのだ。

そのほかの場所は危険が伴うので、男衆や従士たちがおこなっていくそうだ。

魔除草の植えつけは、数年がかりの公共事業になると思うよ。

参加者にはお礼もちゃんと渡してある。

要望に応じてジャガイモや小麦・ライ麦だったり、野菜の苗と肥料&堆肥だったり、父様や従士たちが討伐してきた魔獣のお肉も喜ばれたそうだ。

村の子どもたちにも平等に支給されるから、こぞって参加してくれた。

今後も従事者には対価が支払われるのだ。

目指せ、ホワイト領。ブラックはダメだよ絶対。

僕も精霊さんたちと一緒に、村への道筋に前後二列のジグザグになるように魔除草を植えてゆく。

マイペースな僕は、いつもグリちゃんポコちゃんと一緒だよ。

三人で仲良く、キャッキャと作業するのが楽しいねぇ！

植えつけが終わったら、グリちゃんの植物魔法でしっかり苗を定着してもらうの。そうすると元気に育つんだよ。

そうそう、精霊さんたちは、通りすがりの村人には見えていなかった。

精霊さんたちにしてみれば、初めて見る人間を警戒するのは当たり前だもんね。

逆に村人から遠目に見える僕は、ひとり言をしゃべっているように見えていたかもしれない。

残念な子だと思われたかな？　まぁ、僕は幼子だから許されるよね！

あとね、リオル兄もときどき手伝ってくれたんだよ。

「レン兄様が夏休みに戻ってきたら、きっと驚くよ」

フフッときれいな顔で笑った。

おおっ！　美少年パワー炸裂《さくれつ》!?

精霊さんたちと、口を開けてガン見しちゃったよ。

そんな感じで魔除草を植えつけているあいだに、畑の準備が整っていた。

がんばったのは土の精霊ポコちゃんですが、何か？

すごいよね。

あっという間に土がフカフカになって、きれいな畝《うね》まで出来上がっていたんだよ。

僕たちはうれしくて、三人で輪になって踊った。

喜びは分かち合わなくっちゃね！

魔除草の植えつけが終わったら、まずはジャガイモの植えつけからだね。

四月末だし、普通に種イモを植えていこう。

管理人さんに小さめの種イモを作ってもらい、芽出しまで完了している。

前世だと種イモを切ってから植えていたけど、自家製の種イモはそのまま植えたほうがいいって、どこかで聞いた気がするんだよね。病気予防とかそういう意味だったと思う。

『植物園産の種イモは耐病性もバッチリです！　どんどん植えてください！』

管理人さんが自信満々なようすでお話ししていた。

それでも念のため、植える前に浄化魔法をかけておいたよ。

持っててよかった、浄化魔法！

これさえあれば、どこでも生きていける気がするよ!!

畑の通路は二メーテくらい取ってある。

作付けの株間も広めにして、見通しはバッチリ確保した。

野菜が成長して大きくなっても、動くものは肉眼で認識できると思う。

もちろん、僕の精霊さんが見守っているから、侵入者が隠れる隙はないよ！

僕の姿も見失わないはず……。

お願い！　僕を見失わないでね！

そんな感じで、植えつけ作業を数日かけておこなった。

何しろ幼児の動作は遅いので、なかなか進まないよね〜。

チマチマやっていると、グリちゃんポコちゃんのほかに、さらに小さな精霊さんがたくさん出現していて、植えつけを手伝ってくれたんだよ！

太陽の光にキラキラ輝きながら宙を舞っている、色とりどりの精霊軍団。

その姿は光の玉だったり、僕の手に乗るくらいの小人さんだったり、小さな動物さんだったり、いろんな子がいるねぇ。

気になって、スキルの管理人さんに聞いてみたら、あっさり答えが返ってきた。

『その子たちは、もともとルーク村周辺に漂っていた下級精霊ですね！』

生まれたての子や、力の弱い子は、空気に紛れて漂っているのだそうだ。

グリちゃんポコちゃんがその辺にいた下級精霊さんたちと仲良くなって、みんながお手伝いしてくれるようになったみたいだよ。

ありがとうね！

この子たちは父様たちにも見えていなくて、人間では僕だけが見えるみたい。

みんなはキラキラ点滅したりして、意思表示をしてくれるんだけど、ちょーっと目がチカチカするね。少しパワーを抑えてくれるとうれしいな！


ジャガイモのあとにキャベツの苗を植えて、カブの種まきをする。

僕のスキル産の植物は全体的に生育が早いので、ジャガイモは九十〜百日で、キャベツは七十日くらいで収穫できるよ。カブは四十日くらいで収穫できるんだ。

お次は枝豆＆大豆の種をまいて、スイカとメロンの苗を植えていく。

枝豆は八十〜九十日くらいだね。大豆は秋までそのままだ。メロンとスイカは八月かな？

ウリ科の野菜には地面に敷きわらを敷くと、株元を保湿して泥跳ねや雑草予防になるよ。ついでに実が大きくなったときに、果実が土に直接つかないようにするんだ。

ツルがわらをつかむためにも必要なんだっけ？

作業しながらそんなことをつらつらと考えつつ、僕と精霊さんたちはせっせと働いた。

生まれてこの方、一番働いたよ！

そしてそのとき、僕はふと気づいてしまった。

保存の利く野菜の代表カボチャは？　果物系よりそっちが優先だったよ！

大失敗!?　とはいえ、いまさら気づいてもあとの祭りだった。

ガックシ……。

畑の真ったただ中で打ちひしがれる僕を、精霊さんたちが慰めてくれた。

『残念ですね〜』

遠くで管理人さんの声が聞こえた気がした。

シクシク。

仕方がないので、カボチャは家の裏庭に植えることにするよ。

そっちはこっちが終わってからだね。壁の中はズルしてもバレないから、開き直るしかない。

こうなったら魔法ゴリゴリで行こう！

そんな緩い感じで作業を進め、最後に枝豆と大豆の種をまく。

といっても豆は同じもので、枝豆は大豆を青いうちに収穫したものだよ。もちろん、前世ではそれ専用の品種がたくさんあったけどね。

異世界でそんな細かいことを考えても仕方がないので、枝豆＝大豆でオッケー！

おいしくできればなんでもいいのさ！

五月中旬までかかって、全部の作業が終わったころには、僕はフラフラになっていた。

成長が遅くて小さい僕には、大変な重労働だった。たとえ作業の九割以上が、精霊さんたちのがんばりによるものだったとしても。

そのあと僕は二日間寝込んで、父様とマーサにメッチャ叱られちゃった。

お見舞いと称して部屋にやってきたリオル兄には、前髪をクシャクシャにかき混ぜられた。

「おバカさんだね。早く元気になるんだよ？」

帰りぎわにちゃんと髪を元に戻していったよ。

リオル兄はツン属性だと思った。
そうして寝込んでいるあいだに、レベルアップしていたらしい。
『おめでとうございます！
レベル10になりました。
新しいエリアが開放されました。
果樹が栽培可能になりました。
予約栽培が可能になりました』
発熱した頭に管理人さんの陽気な大声が、遠慮もなくガンガンと響いた!!
せめて元気なときにお願いしたかった!?

第五章 ラドベリーと、帰ってきたレン兄

Chapter.5

先日レベルアップをしていた。

そのときの管理人さんの無遠慮な対応で、さらに一日多く寝込むことになった。

病人がいるときは、周りは静かにしようね！

「さてと」

スキル画面を開いてみると、画面の半分が真っ黒だった。

管理人さんは相変わらず距離感がつかめないらしい。空気が読めない人っているから、仕方がないよね〜。

ただひとつわかることは、管理人さんは黒い何かであるということ。

真っ黒い生きものって、なんだろうね？

「管理人さん、画面の半分が黒いです。もっと引いてもらえますか？」

『おや、これは失礼。なかなか調整がうまくいきませんねぇ』

そう言って、調整をしてくれているらしいんだけど、黙って見ていたら画面が一気に広がっていった！　今度は一面黄緑のフィールドになった!!

何しているの!?

辛《かろ》うじて畑の茶色といくつかの作業小屋と、黒い点が見えるね。

畑と作業小屋の周辺にも複数の点が見えるけど、これはグリちゃんたちの仲間の精霊さんかな？

一緒に画面をのぞき込んでいたグリちゃんポコちゃんが、コクコクとうなずいていた。

ほうほう。

僕の植物園内には、働く精霊さんがたくさんいるみたいだね。

みんな、よろしくね〜。

さて、まずは増えたエリアを確認してみようね。

今まではレベルが1上がるたびに、九マス一セットが二面ずつ増えていたから、昨日までは十七セットだったんだけど、レベルが10になった現在はその四倍になっていた！

「ふぁっ!?」

思わず変な声が出ちゃったよ！

急に広がり過ぎじゃない？

ちなみに栽培完了時間が十五時間になっていた。

僕は子どもだから、寝ているあいだにロスタイムが発生していたんだよね。

「だけど今回増えた予約栽培機能を使えば、夜中でも苗が作れるってことだよね？」

『はい。収穫もオートでおこないますので、夜はゆっくりお休みいただけますよ〜』

なるほど、肝心の予約可能数は三枠か。

これは便利な機能が来たんじゃないかな？

日中は作物を育てて、夜に魔除草や薬草の苗を量産すれば、時間の無駄がないよね！

この先は今より栽培時間が短くなっていくんだろうし、効率って大事だと思う。

気分が上がってきたところで、お次は果樹エリアの確認をしてみよう！

おや？

すでに木材加工場ができているよ。まだ何もない状況なのに抜かりがないね。

果樹の栽培マスは四マスに一本で、そのエリアが四枠ある。今植えられるのは、リンゴの木が四本ということになるようだ。

リンゴは王道だね。早速植えつけてみたよ。

栽培時間は野菜と同じく十五時間かかるんだ。

果樹の場合は、何回か収穫したら木がダメになるのかな？

ゲームだとそんな制約があったよね。木材加工場があるってことは、そういうことなんだろうね。

その辺は今後検証が必要だ。


寝込んでから数日、ようやく外に出てもいいと許可が下りたので、早速裏庭にやってきた。

農作業が遅れていたので、手早く苗を植えてしまおうね。

夏野菜の代表選手トマト・ナス・キュウリに、コーン・パプリカ・インゲン豆、忘れちゃいけないカボチャさん。あとは、何がいいかな？

庭では食べる分だけ育てればいいから、種類は多くても、株数は少なくてもいい。

悩んでいるところへ、ちょうど洗濯物を干しに出てきたマーサに聞いてみた。

「ねぇマーサ、植えてほしいお野菜はあるかな？」

「そうですねぇ、ハーブや葉物野菜があると助かりますねぇ」

ホウレン草とかラディッシュとかリーフレタスかな？　収穫までも短いし、ハーブなんかも庭の隅に植えてもいいね！

カモミールとかレモングラスやミントはコンテナ栽培でもいい。

ラベンダーも忘れちゃいけないね！

「わかったよ。いろんな種類のハーブを植えてみるね！」

僕が大きな声で伝えると、マーサはニコニコと笑っていた。

「助かりますよ、坊ちゃま。ですが無理は禁物ですよ！」

「はーい。気をつけるよ～」

さ～て、どこに植えようかな～♪

鼻歌交じりの僕は、グリちゃんたちと一緒に庭の畑作りに勤《いそ》しんだ。


こうして我が家の裏庭はすっかり野菜畑となっていた。

空いている隙間があれば、至るところに野菜やハーブを植えてしまったので、馬屋番のトムにお小言を言われちゃったよ。

「坊ちゃん、これでは農家と変わりませんぜ？」

僕はまったく気にしないよ。

そんな暴走気味の僕は、結局バートンに叱られた。

「坊ちゃま！　馬車の通り道をふさいではいけません！　すぐに鉢やコンテナを撤去いたします」

えぇ!!

バートンの一声で、僕と精霊さんたちの努力の結晶は、庭の隅っこに寄せられてしまった。

しょんぼりと項垂《うなだ》れる僕と精霊さんたち。

見かねたマーサが提案してくれたんだよ。

「坊ちゃま。まだ窓辺が空いていますよ？　何かに活用できませんか？」

言われて一階の窓辺を見れば、窓はそれなりの数があって、確かにその空間が空いているね。

僕はトットコ走って、一番近い窓辺に近寄ってみる。

そこで思いついたのがハンギングだ！

フックに鉢を吊《つ》り下《さ》げて、そこで植物を栽培するの！

窓辺のハンギングといえば草花が思いつくと思うけど、僕が閃《ひらめ》いたのはイチゴの栽培だった。

お花も咲くし、実も食べられるなんてお得じゃない？

「いいことを思いついたよ！　マーサ、ありがとうね！」

僕はマーサにお礼を言って、一目散に駆け出した。

クーさんとピッカちゃんとフウちゃんに、庭の管理をお任せして、僕とグリちゃんポコちゃんは部屋に戻ってくる。

定位置に座って、いったん心を落ち着ける。

植物創造魔法で創るものはイチゴさんだ。

前世で見た、十センテもあるような、甘さと酸味のバランスが絶妙な、ブランドイチゴさんだよ。

そうそう、メッチャ高いヤツ!!

むむむむむ、ハーッ!!

謎の気合とともに、僕の両手の上に、大きくて真っ赤な宝石のようなイチゴさんが爆誕した!

ワォ！　ワンダホーでビューティフォー！

一瞬食べたい衝動に駆られたけど、ここは欲望をグッと抑えて、急いでスキル画面を呼び出した。

「管理人さん、今すぐこのイチゴさんを増やしてください！　大至急お願いします！」

僕が意気揚々と叫べば、冷たい声が返ってきた。

『ブッブ～～。残念でした！　植物園内の畑はすべて埋まっていま～す！　今朝ご自分で植えつけしたのを覚えていないのですか～？　最短でも翌朝ですね。ですが私は超絶親切なので、開花株を用意してあげますから、明日まで耐え忍んでください!!』

く！　今朝の自分が恨めしい!!

だけど仕方がないか……。

それなら道具もオーダーしておこう！

「窓辺にハンギングしたいので、専用の鉢と道具を用意してください！」

『無茶な注文が多いですね！　明日の朝にはすべてご用意しましょう、ふぅ』

深いため息をついて、管理人さんはそのままシャットダウンしたよ……。

その日は一切応答してくれなかった。僕のスキルは僕の思いどおりにはならない!!


そんなわけで翌日。

大きなつぼみがたっぷりの、立派なイチゴの苗がどっさり用意されていた。

ハンギング用のメッシュ状の鉢と、中に敷く繊維のシート、栽培用の軽い土。

僕はトムや従士たちを呼び出して、客室以外の窓辺にハンギング鉢を設置してもらった。

父様も「何をする気だい？」と、興味津々で外に出てきたので、ついでに手伝ってもらった。

立っている者は親でも使えって、言葉があったよね？

それを実行する素直過ぎる僕！

リオル兄は呆《あき》れていたけれど、父様も参加しているからと、イチゴ苗の植えつけを手伝ってくれたよ。植えつけ後はクーさんにたっぷり散水してもらった。半日陰の場所はピッカちゃんに照らしてもらえば完璧だね！

こうして、突貫イチゴ大作戦は終了した。

お礼にみんなに超大粒の真っ赤なイチゴさんを進呈すると、目を輝かせて食べていた。特にリオル兄の輝きが三割増しになっていたので、ハートをキャッチしちゃったみたい！

そんなリオル兄も、今日は一緒にイチゴの授粉作業を手伝ってくれている。

イチゴさんをきれいな形にするのには手がかかるんだよね。虫さん任せだといびつになったりしてさ。柔らかい筆で丁寧に授粉させていく。

この巨大粒のイチゴは明るい朱赤色で、宝石のようにつやつやと輝いている。

ラドクリフ領の特産化を目指して『ラドベリー』と命名してみた。ラドクリフベリーだと長いからラドベリーだよ。

植物園産を提供してから、リオル兄の大好物になったのは言うまでもないね。

わかる～。メッチャ甘くておいしいんだもん！

イチゴは生育が進むと、ランナーと呼ばれるツルのような茎を伸ばすんだよ。その先に子株がいくつかできて、その子株を育てれば来年また実がつくんだ。その繰り返しでドンドン増えるから、ひと株から量産できるんだよね。

家庭菜園で増やすときは、二番目の子株から育てるといいよ。親に近い一番目の株は病気が移っていたりするから、可哀《かわい》そうだけど処分しちゃってね。

僕の植物園産は、どの子も立派に育つけどね！


ラドベリーの開花苗を大きめの鉢に植えて、肥料もつけて、ルーク村とカミーユ村に大量に送りつけた僕。育て方マニュアルをバートンに書いてもらったのだ。

迷惑だとかそんなことは考えない！

各家々で栽培してもらって、果実を楽しんでもらえたらいいと思う。

イチゴって実はそんなに手間もかからず、育てやすい野菜だしね。形が悪くたって食べられたらいいじゃない？

「将来的に栽培農家ができれば、特産化も夢ではないと思うんだよね～」

僕がニヨニヨしながら言うと、リオル兄が深くうなずいていた。

「魔素の濃いこの地域では、植物も魔素を含有するからね。仮にほかの地域に苗を植えても同じものにはならないと思うし、このラドベリーは我が領の高級特産でいけるね」

リオル兄のラドベリー愛が止まらない。

真剣な表情で丁寧に授粉作業をしていた。

その愛情の欠片《かけら》を、少しだけ僕にも向けてくれたらいいのにね！

「何か言った？」

「いいえ、なんにも～」

リオル兄はクールなツンツンデレさんなのだ。

ちなみに最高品質のものは僕の倉庫にたっぷりと保管されているので、いつでもどこでも季節を問わず食べ放題だよ。

そっと倉庫から取り出して、リオル兄の口に差し出すと、無言でモグモグと食べていた。

僕もパクリ。もちろん精霊さんたちへの配給も忘れないよ。

あぁ、瑞々しくておいしいねぇ……。

みんなでまったりと余韻に浸っていた。

「ムグムグ。……問題は流通路だろうね。足が早い果実だから、辺境伯領までが限度かな？」

「マジックバッグとかないかな？　ジジ様におねだりしてみようかな？」

僕はモゴモゴしながら、小首をかしげてリオル兄に聞いてみた。

異世界のミラクルアイテム、それはマジックバッグ！

ぜひとも欲しいよね！

「……。ハクならイケルかもね」

リオル兄はチロリと横目で僕を見て、確信を持ってうなずいていた。

ジジ様が僕に甘いのを想像したんでしょ？

僕も勝率は高めと見た！


よ〜し！　そうと決まればジジ様にお手紙を書こう！

今月末には僕の誕生日だから、おねだりしてマジックバッグをもらっちゃおうっと。

ちなみにマジックバッグはダンジョンから発見されるんだよ。

ダンジョンは初級・中級・上級・最上級に分類されて、マジックバッグはどのダンジョンでも宝箱から出るんだって。ダンジョンのレベルでマジックバッグの性能は変わるらしく、ピンからキリまでいろいろあるのだ。

この世界のマジックバッグは確かにレアアイテムだけど、希少品というほどでもない。富裕層の平民なら、がんばれば買えるんだって。商人は持っている人が多いようだよ。

まれにアイテムボックスという激レア品も出るらしいけれど、それはブレスレットなどの装具品の形をしているんだって。これはめったに出まわらないそうだ。

ジジ様のラグナード辺境伯領には、ふたつの最上級ダンジョンが存在する。

僕はダンジョンには興味はないけれど、よく話を聞かされたんだよね。

武勇伝というのかな？

ジジ様のところのダンジョンは、どっちも中級冒険者以上じゃないと入れないんだって。中級者でも入れるのは上層階までで、中層から下層は相当危険なのだそうだ。

最上級ダンジョンだけあって、結構レベルの高いアイテムが出るとお話ししていたよ。

マジックバッグもそのひとつだね。

それでも危険なダンジョンから命懸けで手に入れるものだから、子どもが気軽に欲しがっていいものではない、とは思うけど……。

ジジ様はすごく強い人だから、いくつか持っているんじゃないかと思う。

古いおさがりでいいので、ひとつ僕にプレゼントしてくれないかな〜。

辺境伯家に用事があって赴く従士に、早速お手紙を届けてもらった。

ちゃんとお土産も持たせたから、よろしくね〜。


五月末ころ。

僕の六歳の誕生日に、ジジ様からプレゼントが贈られてきた。

念願のマジックバッグだったよ！

なぜかリオル兄の分も一緒に届いていた。

家族の談話室で箱を開けてみれば、横から父様とリオル兄がのぞき込んでくる。

シンプルなかぶせの肩掛けバッグで、一般的に流通しているカバンと似たようなデザインだ。見た目はくたびれた感じだけど、使い込まれた革の触感がなめらかで手に馴染むようだね。

リオル兄も薄らと口の端を上げて、マジックバッグを触っていたよ。

僕らがうれしくてバッグを眺めていると、父様が教えてくれた。

「華美な装飾があると、盗賊や悪い人に狙われるからね。見た目が普通のものがいいんだよ。派手な装飾が施された物もあるけれど、それは富豪や高位貴族が好んで手に入れるよ」

父様の言葉に納得して、僕らはうなずいた。

同封された手紙にも、昔ジジ様が使っていたバッグで、リオルとハクに贈ると書かれていた。

ちなみに、リオル兄のバッグのほうが僕のものより二回り大きいのは、来年学園で使うことを考えてのことだった。ほかの貴族への体面もあるので、きれいめの物をチョイスしてくれたみたいだよ。

見た目は少し古めかしいけれど、どちらも容量はおよそ我が家のひとつ分だって！

しかも時間停止機能つき!!　おおっ！

ジジ様、ビバッ！

僕は両手に掲げ持って、しげしげと眺めた。

ここが異世界だって、実感するアイテムだよね。それが今、僕の手にあるのは感動ものだよ！

僕の瞳がキラキラと輝いていたことだろう。

父様は楽しそうに笑っていた。

僕はマジックバッグをじっくり眺めて満足すると、手にしたバッグを父様に差し出した。

「父様、これでラドベリーを売りに行ってください！　いっぱい入りますよ！」

すると父様は驚いたようすで、聞き返してきた。

「えっ？　自分で使うためにおねだりしたんじゃないのかい？」

ノンノン、パパン。

「辺境伯領にラドベリーを売りに行くためですよ？　ジジ様にもお土産で贈ったし、きっと売れると思います！」

ラドベリーは我が家の至宝！　と叫べば、リオル兄も隣で静かにうなずいていた。

そんな僕らを見て、何やら合点《がてん》がいったらしい父様は笑い出した。

「なるほど、お義父上様からラドベリーの問い合わせがあったのは、そのせいか」

おお、お土産の効果があったんだね！

「はい、数粒だけですが、きれいに箱に詰めてマーサに包んでもらって、従士に持っていってもらいました。お馬さんで三日なら傷まないと思って」

そうそう、数粒っていうのがミソだよね。

あっという間に食べ尽くす量で、明らかに物足りなく、もっと欲しくなるような。

フフフフフ。

ラドベリーたんの虜《とりこ》になること間違いなし！

まずはお金持ちの辺境伯家に、お得意様になってもらわないとね！

「何げに策士だよね」

リオル兄が意味深にニッコリと笑った。

褒められると照れる〜。

ジジ様の手紙には、今年はレン兄の帰省に合わせて、ラドクリフ領に行くと書かれていた。

そっか、学園の冬休みは短いから、辺境との往復は無理で帰省しなかったけれど、夏休みは三箇月もあるから戻ってこられるんだね。

「えっと……、ジジ様はレン兄様と一緒に、七月ころに来るそうです」

「そうだね。レンも戻ってきたらにぎやかになるね」

父様は僕をお膝に乗せて髪をなでる。

なでなではチビッ子特権ですか？　そうですか。

心がほっこりするよね〜。

むふ〜。

「マジックバッグ、私も持っているんだけどね」

父様は耳元でコソッと、すねたようにつぶやいた。

「はわっ!?」

父様も若いころに腕試しでダンジョンに潜って、何個かゲットしていたらしい。それ以外に従士たちも各自持っているし、ラドクリフ家としても代々の遺産として、少なくない数を所持しているんだそうだ。持ってて損なしマジックバッグ。

ジジ様におねだりしなくても、父様に頼めばよかったの？

しょんぼりする父様を見て、慌てた僕はベタベタに甘えてご機嫌取りをした。

父様はニコニコ笑って、ギュッと抱きしめ返してくれたよ！

キャー、パパン大好き！

その日はずっと父様にくっついていたよ。


ちなみにあとで聞いたお話では、レン兄も十歳くらいのときに渡されていたみたい。

「そのマジックバッグはハクが使いなさい。貴重な品だから、大事にするんだよ？」

「はい！」

父様に言われて、僕は素直にうなずいたよ。

当初の予定とは違うふうになったけど、結果オーライかな？

僕はお気に入りのおもちゃや絵本をしまって、肩から斜めがけしてみたよ。

クルリとその場で回ってみせれば、マーサもバートンもニコニコと笑っていた。

「まぁ、かわいらしいですわね、坊ちゃま」

「ええ、よくお似合いです」

えへへ～。

おだてられてご満悦な僕の横で、リオル兄はマジックバッグに教本を詰めていた。

「これならわざわざ部屋に本を取りに行かなくても、どこにいても勉強ができるね」

そう言って素晴らしい笑顔を浮かべていたよ！

「さすがリオル様、ご立派でございます」と、褒められていた。

のほほん族の僕とは大違いだね！


六月の初旬にカブの収穫が終わったよ。外の畑の初収穫は、みんなが手伝ってくれたんだ。

リオル兄でさえ楽しそうにカブを引っこ抜いて収穫カゴに入れていた。収穫したものは少量を残して、ルーク村やカミーユ村に配給してもらったんだ。

我が家で食べる分は、僕の植物園産で十分補えるからね。


そのあとは、ラドベリーの販売計画を促進する。

僕の手の平より大きいイチゴさんなので、きれいに木箱に詰めて並べると存在感が半端ない。

キラキラ輝く朱赤がまぶしいよ！

うっとりと見つめている、僕とグリちゃんポコちゃん。

ラドベリー専用の木箱は、村の木工職人に作ってもらったものだよ。素朴だけどきれいに面取りされて、磨かれた白木の贈答箱だ。

そこにふっくらと白い布を敷いて六粒納めると、白と赤の対比が非常に美しい。

贈答用なので資材に高級感を出してみたんだよ。

パチパチ〜。

繊細なラドベリーの箱詰め作業は、マーサとバートンが手際よくおこなっていく。

貧乏とはいえ貴族家に仕える執事や侍女だけあって、こういった作業はお手のものだね！

僕はその横で作業のようすを楽しく眺めていた。

それにしても以前より、マーサとバートンの仕事が増えて申し訳ないなぁ。

なんて思っていたら、バートンの息子夫婦がラグナードから戻ってくることになったそうだ。

修業を兼ねて辺境伯家で執事をしているんだって。大きな屋敷だと執事は何人もいたりするからね。我が家なんてバートンひとりでも、もったいないくらいだよ。

ついでに料理人もひとり連れてくるんだって。

あとは村から通いのお手伝いさんをふたり雇うらしい。掃除や洗濯などの下働きだ。

侍女のマーサに料理や炊事洗濯を任せっきりにしていたことを、常々申し訳なく感じていた父様は、今回思い切って決断したらしい。

ここ最近、生活に余裕が出てきたので、この機会に使用人を増やすことにしたんだって。

侍女って本当は高貴な人のお世話係だよね？

マーサは母様の輿入《こしい》れのさいに、辺境伯家から一緒についてきたんだそうだ。

当時ラドクリフ家には高齢の使用人がひとりだけで、その人が腰を痛めて引退してからは、マーサが家政を一手に引き受けてくれていたんだって。

母様が亡くなったあとは、ラグナードの家族のもとへ戻ってもよかったはずなのに、こんな辺境の貧乏男爵家に残って僕ら三兄弟を育ててくれたんだよ。

マーサには感謝してもしきれない。

「ありがとうマーサ、大好きだよ！」

そう言って抱きついたら、うれしそうに抱きしめてくれた。

「あらあら、今日の坊ちゃまは甘えん坊さんですね」

マーサもバートンも、ニコニコ笑いながら僕を優しく見つめていた。


その後、ラドベリー贈答品はメッチャ売れた！

なんといっても一番貢献してくれたのは、親戚のラグナード辺境伯夫人だった。

たいそうお気に召してくださって、お茶会のときの手土産などに利用してくれたそうだ。そこからうわさが広がって、辺境伯家を通して周辺の貴族家からも注文が舞い込むようになった。

力の弱いラドクリフ家が目立たないように、盾になってくださったのだと思う。

いずれ情報は漏れるにしても、今はまだ辺境伯家の庇護《ひご》下《か》だってことだ。

辺境伯家にはサービスで、どんどんラドベリーを贈っちゃうよ！

たったラドベリー六粒の箱が数百と売れて、僕とマーサとバートンは調子に乗ってしまった。

気づいたときには、いよいよ作業が追いつかなくなって、てんてこ舞いになってしまったんだ！

このままではマーサとバートンの本業が疎《おろそ》かになってしまうし、お客様にも迷惑がかかってしまうし、何よりラドベリーのシーズンが終わってしまうよ!!

どうしよう！

だれか助けて!!

結果、見かねた父様の提案で、村のご婦人たちに手伝いを頼むことになった。

きちんと手間賃が支払われるとあって、数名のご婦人たちがやる気になってくれたそうだ。マーサ指導のもと、短期間で包装技術を磨いてもらったよ。

作業に慣れてからは、僕がラドベリーをスキル倉庫から出してマーサに渡し、それをトムが村の婦人会に届けて、そこで箱詰め作業をしてもらう。できたものはマジックバッグに保管して、二〜三日おきに従士がラグナードへ配送した。

今度は箱が不足して、ルーク村だけでなく、カミーユ村の木工職人にも木箱を大量発注して、フル稼働で量産した。

僕らはがんばった！

ラドベリーのシーズンが終わるころには、みんなが屍《しかばね》のようになっていた……。

結論。調子に乗って無理な受注はダメ、絶対！

僕とマーサとバートンは、深く反省をした。

けれど、かなりの収益になったのは間違いない！

おかげで村の木工職人や、婦人会のみんなの懐が温まったよ。笑顔の輪が広がったね。

だけど、これだけでは終わらないんだよね〜。

夏にはメロンが待っているんだから。今年植えつけたメロンとスイカも売ってしまおう。さすがにスイカは高値では無理だろうけれど、メロンはいけるんじゃないかな？

実際の販売は八月に入ってからになるけれど、木工職人もご婦人たちも、やる気満々になっているようだよ。

お金の力は偉大だね！


そんなラドベリー騒動が一段落したころ、レン兄が王都から戻ってきた。

ジジ様はもちろん、今回は従兄弟のカイル兄も一緒だった。

カイル兄は辺境伯家の三男で、レン兄の一歳年上だよ。明るい金髪に青い瞳の、ヤンチャな感じのイケメンだ。今はまだ少年だけど、将来はマッチョになるのかな？

細マッチョだったらイイね。

レン兄とカイル兄とジジ様は、最初に父様と挨拶を交わしていたので、僕とリオル兄はおとなしく玄関に並んで待っていた。

その一行と一緒に帰郷したのはバートンの息子家族で、父様と同じくらいの年齢のビクターとリリー夫妻に、息子のミケーレ君だった。

ビクターはバートンを若くした感じの、キリリとした佇《たたず》まいのモノクル紳士で、リリーは逆におっとりとした感じの美人さんだった。どちらもシュッとして背が高い。

その息子のミケーレ少年は十歳だそうで、そばかすがチャームポイントだね。ピョンと跳ねた寝癖が左右に揺れて、僕はそれが気になって目が離せない。

何かの罠《わな》なの？　ゆ～らゆら。

もうひとりは料理人のジェフという、大柄なおじさんが一緒だったよ。

なんかヤバい感じのイケおじで、料理人には見えないんですけど……。

もしかして包丁を持って戦う料理人かな？

え？　野菜やお肉と格闘するのが料理人？

よぉ～し、僕のおいしい野菜と勝負だ！

そんなアホなことを考えながら、口をポッカリ開けて見ていた僕は、不意にレン兄の突撃を食らった。うっかり油断していた僕には、予期せぬ出来事だった。

ドーンとぶつかったと思ったらギュウと抱きしめられて、キュウとなった。

「きゅう」

意識が反転しちゃったよ。

僕が気を失っているあいだ、我が家は騒然としていたみたい。

僕を絞め落としたレン兄と、それを笑い飛ばしたカイル兄は、ジジ様に首根っこをつかまれて、お説教部屋に連行されたらしい。

もちろん父様も激オコだったそうだ。

カイル兄はお説教が終わったあともケロリとして、畑や屋敷内に「なんかいるぞ！」と、はしゃぎ回って、またジジ様の拳骨《げんこつ》を食らっていたとか。

グリちゃんたちは警戒して姿を隠していたみたいだけど、辺境の野生児の勘は鋭かった。

レン兄は以前とは打って変わった、村の景色に驚いていたそうだ。

無理もないよね。

屋敷前の畑は、青々とした葉っぱが生い茂っているんだから。

ジジ様は街道沿いや村内に植えられた魔除草に驚嘆して、父様を問い詰めていたそうだ。

なんだか僕も父様も、災難だったね。


僕は自室で目が覚めてから、リオル兄にそんな説明をされた。

え？　なんでリオル兄が僕の部屋にいるの？

「カイル兄様がうるさくてね……。グリちゃんたちと一緒にここに避難してきたんだよ」

あぁ、うん。リオル兄とカイル兄は、キャラが対極だもんね。

精霊さんたちも疲れたように、僕の部屋で思い思いに寛いでいた。

グリちゃんはなぜか僕と添い寝をしていたよ。

お口からよだれが垂れてますよ〜。フキフキしましょうね〜。

リオル兄は僕の小さな椅子に窮屈そうに座って、のんびりとお茶を飲んでいた。

ちなみにレン兄は、今は自室で反省中だって。

僕はまだ幼児だから、加減を考えてもらわないと困るよね～。


そんな慌ただしい一日の夕べ。

みんなで夕食を食べて落ち着いたころ、談話室に移動してお話をした。

この一年で様変わりしたラドクリフ領について。

まぁ、原因は僕の地味にチートなスキルのせいだけどね！

ジジ様とレン兄に褒めそやされて、調子に乗った僕はふんぞり返って後ろに倒れ込んだ。ジジ様のお膝の上なので、後ろに倒れても大丈夫なのだ！

えっへん！

対面に座ったリオル兄の、呆れた視線だけが突き刺さった。

あうち。

あとはレン兄の学園でのお話とかも聞いたよ。勉強が大変だとか、上級貴族の子息に気を使うとか、剣術の模擬戦で惜しくも二位になったとか。レン兄は学園物のテンプレを実体験しているようだった。

しかし女の子のお話は出てこなかった。清楚《せいそ》なお嫁さん候補が見つかるといいね。

僕は温かく見守っているよ。

カイル兄の話は、どうでもイイかな。豆粒ほども興味がないしさ。

めったに会わないせいか、やたらと僕にちょっかいをかけてきて、正直面倒臭いんだよね。

頬を突っつく指をペシリと払い落としたら、「おお、猫パンチ」とか言って喜んでいた。

なんで？

その日はみんな疲れているからと、適当なところでお開きになったようだ。

僕は途中で眠ってしまったようで、目が覚めたら自分のベッドの中だったよ。

父様かバートンが運んでくれたのかな？

それにしても、朝って寝るとすぐ来るんだよね。

不思議だよね〜。


今日は子どもたちだけで庭の散策中。

ぐるりと屋敷を回り、裏庭の畑で摘まみ食いをしたりして、来客用の庭までやってきた。

「こっちの庭は地味だなぁ。食うものがないぞ」

カイル兄がつまらなそうに言った。

そうね。さすがに客間の前庭にキュウリやナスは植えられないよ。

想像してご覧よ？

お上品なドレスのご夫人が窓を開けたら、野菜がこんにちは！　なんてシュールだよね。

きっと悪いうわさが広がるんだよ！　社交界で村八分にされるんだよ!?

……社交界なのに村八分って、ぷぷぷ。

ひとりでニヨニヨと口を押さえて笑ってしまった。

そんな僕のようすにレン兄は小首をかしげて、リオル兄はため息をつき、カイル兄はまったく気にしていなかった。

僕ってすぐに脱線するよね。

ごめんね。

ここは秋になったら手をつけようと思っているから、今はハーブなどの宿根草をポツポツと植えているだけなんだよね。生い茂った雑草の芝生もどきがまぶしいね。それでもフウちゃんが魔法で定期的に刈り取ってくれているんだよ。

いつもありがとうね〜。感謝しているよ〜。

とりあえず、カイル兄には適当な返事をしておこう。

無視はいけないよね。

「春は忙しかったから、秋になったらここにお庭を作るの」

植えるのはバラをメインにした草花だもん。

食べるものは……、ブルーベリーがいいかな？

ブルーベリーは数種類を植えたほうがいいんだよね。

自分のおしべとめしべで自家受粉する率が悪くて、ほかの品種と受粉したほうが、実つきがよくなるんだよ。肝心なのは、開花がそろうことだったはずだ。何種類も植えたのに実がつかない、なんてお話を聞いたことがあったなぁ……。

前世で育てたときは、二種類でもちゃんと実がなっていたんだよね。

あとは酸性の土を好むから、弱酸性の土を好むバラさんとは場所を分けたほうがいい。

周りはそっちのけで、ひとりでそんなことを考えている僕。

その横にしゃがみ込んだカイル兄が、何げなく聞いてきた。

「ハクのスキルが農業系だっていうのは聞いたけど、ハクは剣はやらないのか？」

僕はキョトンとしてカイル兄を見上げた。

だって僕は攻撃系のスキルは持っていないよ。

まだちっちゃいしさ。

とはいえ落ちこぼれでも辺境の子なので、最低限の自衛は必要だとは思うけれど……。

う〜む。

「んとね、木短剣の素振りをするとねぇ、なぜか後ろに転がっちゃうんだよね。なんでだろうね？」

一生懸命、剣に振られている感じかな。コロンと転がっちゃうの。

頭が重いからかな？

僕って自分で言うのもなんだけど、鈍臭いよね。

ちょっぴりしょんぼりさん。

そんな僕のようすを見ていたリオル兄が、カイル兄に答えていた。

「ハクは同年代の子より小柄だから仕方がないよ。父様も外は危険だからと、ハクを出さないようにしているし。庭の隅っこでウロチョロしているくらいでちょうどいいと思うよ」

リオル兄が僕の頭をポフポフしながら、慰めているのかバカにしているのか、よくわからないことを言った。

しかし僕は、微妙なニュアンスを感じ取ったぞ。

ムムム。ちびっ子にだって人権はあるぞ！

とはいえ、この世界は全体的に大柄な人が多いんだよね。男性も女性も身長が高めで体格がいい。僕から見たら巨人のようだよ。

そんな中で僕の母様は華奢《きゃしゃ》で小柄だったらしいんだ。僕はその血を色濃く受け継いじゃったみたいで、ちっちゃいからみんなが過保護にするんだよねぇ。

この春から少しだけ外に出られるようになったけど、農作業中に見かけた村の子どもたちも、体格のいい子が多かったなぁ。

僕って思った以上に小さいみたい。

無意識にうつむいて、草を引っこ抜いていた。

プチプチプチ。

そんな僕をレン兄が優しく抱き上げた。軽々と持ち上げられちゃう僕は、慌ててレン兄の首にしがみついた。

「私やリオルがいるからいいんだよ。ハクは無理に戦わなくたって、私たちが守ればいい。母様からもそう頼まれたからね」

コツンとおでこをぶつけて笑った。これが溺愛というものなのかな？

リオル兄以外はみんなこんな感じだよ。

僕のかわいらしさは罪だよね。

横でリオル兄が鼻で笑った。

僕の心を読むなんて、エスパーなの？

「相変わらずのブラコンっぷりだなぁ。まぁ、うちの連中も似たり寄ったりだけどさ」

カイル兄が呆れたように苦笑していた。

ジジ様の溺愛っぷりは半端がないよね。おひげチクチクは困るけど。

「でもまぁ、逃げ足だけは鍛えとけよ。速く長く走れるようになれば体力もつくしな！」

なんでまた僕のほっぺを突っつくかな!?

ペシペシ！

僕は抗議のへなちょこパンチを繰り出したけど、それは見事にかわされた。さらにおもしろがって、カイル兄はニヤニヤ笑いながらちょっかいを仕掛けてくる！

ムキーッ！

するとそのとき、カイル兄の身体が急にカクンとバランスを崩した！

「おわッ！」

叫んで後ろを振り返っている。

「なんだ？　膝裏に何かぶつかった気がしたんだが？　なんも……いねぇ？　ンン！　またか!?」

キョロキョロと辺りを見まわすカイル兄の足元で、グリちゃんポコちゃんが膝裏にパンチを繰り出していた！

動きまわるカイル兄の背後に回り込み、ふたりは交互に攻撃を仕掛けている。強風を吹かせてカイル兄の髪を乱しているのはフウちゃんだね！

そっか、カイル兄には精霊さんたちが見えないんだよね？

精霊さんたちは信用した者にしか、姿を見せてくれないんだった！

「なんだってんだ？　オイッ!!」

グリちゃんたちはカイル兄が切れそうなタイミングで、攻撃をやめた。

ナイス！

僕は満面の笑みで親指をグッと出した。

見えているリオル兄もにっこりと笑ってる。

レン兄だけは訳がわからず、キョトンとしていたね。

客観的に見れば、カイル兄のひとり芝居だもん。ちょっと恥ずかしいよね。

ぷぷぷ。

精霊さんたちとは、あとで一緒におやつを食べよう。

カイル兄はいつまでも「この屋敷はなんかいるぞ！」と騒いでいたよ。

気のせいじゃないかな？

季節は本格的な夏の始まり。

七月に入って急に暑くなってきた。といっても、この地域は冷涼な気候で、真夏でも三十度を超える日はめったにない。

正確な温度計はないから、適当に言っているけどね。

早朝の庭では、日の出前の涼しい時間から訓練が始まっていた。

ジジ様が先頭に立って、我が家の従士とカイル兄の護衛騎士らをしごいていたよ。

レン兄とカイル兄とリオル兄とミケーレ君は、庭の隅で真面目に基礎訓練をおこなっている。

それが終わってから、大人たちに交じって模擬戦をしていた。

リオル兄も同年代との模擬戦は張り合いがあるみたい。

あのキラキラ美少年が、いつかマッチョになるのかと思うと切ないねぇ。

なんてことを考えながら、のん気に窓からのぞいていたら、リオル兄が不意にこっちを見た！

見たよ！　僕の心の声が聞こえたの!?

僕はヘラリと笑って窓からフェードアウトした。嫌な汗が流れたよ。

リオル兄の敏感センサーは侮れないのだ。

さ〜て。

気を取り直して裏庭へレッツ、ゴー！　ゴー！

そろそろ夏野菜が採れ始めているんだよね。夏は早朝に収穫すべし。

前庭はうるさいから裏庭へ行くのだ。

そこにいたのはシェフのジェフだった。

「おはようございます、坊ちゃん」

「おはよう、ジェフ」

チョイ悪オヤジ風のニヒルなイケメンだ。くわえタバコとか似合いそう。

「朝食用に野菜をいただきますよ」

マーサの料理もおいしいけど、ジェフの料理はさすが専門職って感じでおいしいよ。

素材へのこだわりも半端ない。

ここは生産者として受けて立とう！

どれどれ、リーフレタスはまだ大丈夫そうだね。冷涼地だと五月に種まきをして七月まで収穫できるんだよ。半日陰に植えているし、ここは日本のように暑くはないからね。

キュウリ・トマトなどの夏野菜は、花芽がついた立派な苗を植えて、精霊さんたちに管理してもらっているせいか、すでに実をつけているよ。

そんなわけで、食べごろのものをジェフに示す。

「リーフレタスは内側から新しい葉っぱが育ってくるから、外側からむしっていってね。花茎ができてきたら株ごと抜いちゃってね。キュウリは二十センテくらいが食べごろだよ。オレンジ色のミニトマトもおいしいから食べてみて」

ミニトマトはまだまだ青い実が多いけれど、少しずつ色づき始めていた。こっちはピッカちゃんのサンサンパワーのおかげだね！

数粒色づいていたので、オレンジミニトマトを一粒口にヒョイと入れれば、ジェフも真似《まね》していたよ。

あま〜い！

青臭い独特の香りと、果実のような甘さと酸味が、口いっぱいに広がった。

僕の横ではジェフが評論家のように語っていた。

「糖度が高いですね。まるで果実のようだ。ここの野菜はとにかく味がいい。実も大きく新鮮で栄養価が高いです」

そうでしょ！　もっと褒め称えてもいいんだよ！

「ほかの野菜はもうしばらく待ってね。もっと暑くならないと実が大きくならないから」

実が育ってくるのを見ているだけで、ニヨニヨしちゃうよね。

「代わりにハーブも持っていってね。夏はミント水とかサッパリしていいよね」

スッキリ爽やかな飲み口だよ。

足りなそうな野菜とフルーツは、ジェフが見ていない隙に、スキル倉庫からカゴに出しておいた。

リオル兄のために、ラドベリーも忘れない。

カゴに気づいたジェフが、「今の時期になぜイチゴとリンゴ？」と首をかしげていたので、ジジ様からもらった、時間停止機能つきマジックバッグを自慢しておいた。

「去年収穫したものをしまってあるんだよ。ラドベリーは六月に収穫したものだよ！」

そう言って窓辺のハンギングを指差せば、ジェフは納得してくれた。

「ああ、ラグナード辺境伯邸の料理場で見ましたね。うまいイチゴだった」

おお、ジェフもラドベリーを知っていた！

「リオル兄様の大好物なの！　朝食に出してあげてね！」

「承知しました」

そう言ってジェフはカゴを持って料理場へ戻っていった。

僕は井戸端からその背中を見送ったよ。

ふう。

肌身離さず持っていてよかったマジックバッグ。季節のズレはこれで全部誤魔化せる。

僕のスキルに関しては、もうしばらく内緒だと父様が言っていた。

今はまだ秘密なのだった。うっかりなんでも出しちゃダメだよね。

ジェフがリンゴの木がないことに気づいたらアウトだった！

僕は思わず額の汗をぬぐっていた。

精霊さんたちも、まだ隠れて観察中みたいだし、早く信用してもらえるといいね！


七月中旬に畑のキャベツの収穫を終わらせた。

さすがにひとりで大きなキャベツを収穫するのは大変なので、休日の夜明け前にコソコソと出動して、一気にスキル倉庫に吸い込んできたのだ！

空中に踊る大量のキャベツは圧巻だったね！

あとは植物園内で余分な葉を落としてもらって、麻袋に入れてトムに村まで運んでもらったよ。

もちろん周りの大きな葉っぱは、堆肥に生まれ変わるからね。

それにしても、いつまでもこんな荒業は通用しないと思うので、このあとの収穫は村人に手伝ってほしいなぁ……。


ちょうどそのころ、父様やジジ様たちは恒例の魔獣狩りに出かけていった。

今回は兄様たちに野営の仕方を教えるんだと言って、森の浅いところで二泊三日の訓練をするらしい。レン兄とリオル兄とカイル兄のほかに、ミケーレ君も同行していた。

ミケーレ君はまだ十歳なのに、リオル兄と同じくらいの身長があるから、最年少でも体格で劣ることはなさそうだ。将来仕えることになるレン兄と親睦を深めてきてね。

僕はのん気に、「いってらっしゃい」と送り出した。

そんなわけで、今日は朝から屋敷内が静かだった。

その日の昼下がり。

僕はマーサとバートンと、夏のフルーツギフトを作製していた。

夏は白桃だよね。白桃は季節が短くて高価だった記憶がある。

白桃は僕の植物園から採れたものだ。

リンゴの次に作れるようになったのが白桃だったんだよね。

普通はミカンだと予想するでしょ？

植物園のチョイスはよくわからないけれど、桃は大好きなので大歓迎だよ！

今回はこの白桃を、暑中お見舞い的な感じで親戚に贈るんだよ。

桃はイチゴよりデリケートだから、傷がつかないように固定しないといけない。

スキルの管理人さんに相談したら、工場でクッション材を作ってくれたんだ。一個一個を上下から固定してくれる六個入りの繊維トレイだ。

僕の白桃はやっぱり大きくて激甘なんだよね。ほっぺがとろけるおいしさだよ！

素朴だけどきれいに仕上げられた桐《きり》（っぽい）箱を、村の木工職人に作ってもらった。箱にはラドクリフ家の紋章が刻印してある。白布で白桃入りトレイを包んで箱に納めて封をする。さらにきれいな家紋入りの布で包んで出来上がり。中身はタダなのに外装は値が張るよね。

実際に作業したのはマーサとバートンだ。

僕は例によって例のごとく、白桃とトレイを出しただけ。

おまけで座っているだけだね。

「辺境伯様には少し多めにお贈りしましょう。他家には……」

マーサとバートンが送り先を確認している。

事前に用意しておいた時候の挨拶状を添えて、あとはマジックバッグに入れて使者に持たせればいいだけだ。

作業が一段落すると、マーサがハーブティーを入れてくれた。

僕たちはゆっくりお茶を飲むことにした。

貴族が使用人とお茶を飲むなんてと思うかもしれないけれど、身内だけだし相手は僕だからね。

うちはその辺は堅苦しくないよ。

お茶請けはもちろん白桃だ。

マーサが手早く皮をむいて、それぞれの前にお皿を置いていく。

ちゃっかりグリちゃんポコちゃんも座っていた。

「本当においしゅうございますね！　とろけるようですわ」

マーサは頰に手を当てて、ほうとため息をついた。

「うん、ほっぺが落ちちゃいそうだねぇ」

圧倒的な甘さの中に、ほどよい酸味もあってメッチャおいしい。

「この桃はお売りにならないんですか？」

マーサが何げなく聞いてくるので、僕は「うーん」と小首をかしげた。

「桃は僕のスキルで作ったものでしょう？　実際の桃の木がないから売ったら不自然だよね？　それを言うと、リンゴもそうだけど。そのうち苗木を植えようと思うけれど、果樹って手間がかかるんだよね。特に桃なんて面倒なんだよ。植えても自分たちで食べる分だけだと思うよ？」

「まぁ、そうなんですね……」

僕の説明にマーサは残念そうに眉を下げていた。

期待に添えなくてごめんね。

「お家で食べる分はいつでも作れるよ。それにね、次はメロンができるからそっちを売ればいいよ。スイカは庶民向けで売れるかな？」

マーサの顔がパッと明るくなっていた。

メロンは高級品でいけると思う。精霊さんたちが摘果や玉を回したりしてくれているし、表面の網目もきれいに出ているよ。

無言で白桃を堪能《たんのう》していた、バートンもうなずいていた。

「あのメロンは美しい模様が入って、芸術品のようでございます。そろそろ職人に専用の箱を注文いたしましょう」

箱入りのメロンなんて、高級品だよね！

「それなら見本品を出すから、それは職人さんに試食してもらってね」

サービスだよ。

見本品をテーブルに出すと、マーサの目がキラリと光った。

僕は空気が読める子なので、箱詰めをお願いする村のご婦人たちの分も、追加で出しておいた。

「従士や下働きの女性たちにも、おやつで食べさせてあげてね」

「かしこまりました」

バートンは柔和なほほ笑みを浮かべて、請け負ってくれたよ。

ラドベリーもそうなんだけど、価格設定はすべてバートンに任せてある。

包装資材や人件費や輸送費を加味して、ちょっとお高めに設定しても売れると言っていた。

ちなみに売り上げは全額家に入れているから、実際の収益を僕は知らないよ。

ラドベリーの売り上げで増収になった分で、今まで手が回らなかった村やお家の修繕費に充ててくれたらそれでいい。

変にお金を貯《た》め込むよりは、有意義に使ってほしいんだ。

あとは僕のスキルだって、大っぴらにならなければいいんだよね。

その辺は父様とバートンがうまくやってくれるだろう。

そうだ。もうひとつお願いしておかなくっちゃ。

「ねぇ、バートン。そろそろジャガイモの収穫時期なんだけど、村の人に手伝ってもらえるかな？ジャガイモは全部村で食べてもらっていいからさ」

収穫したものを冷暗所で熟成してから、マジックバッグに貯蔵しておけば、来年までの保存食になるよね。その辺はバートンに指示してもらえばいい。

「かしこまりました。坊ちゃまのおイモは本当においしゅうございますから、みなも喜ぶでしょう。メロンの件と合わせて、早速手配いたしましょう」

バートンにお任せだよ。

マーサも笑顔でうなずいていた。

「今年は僕が作ったんだけど、来年からは村人に作ってほしいんだよ」

「さようでございますね。与えられるものを享受しているだけでは、村の発展にはつながりません。

一歩を踏み出すときでございますね」

バートンは何度もうなずいていた。

今までは無理だったことが、僕の植物栽培によってできるようになっていく。

この辺境の最奥では、個人が開墾するのは難しいと思うから、ラドクリフ家の農地に人を雇う形にして、食料増産したらいいと思う。

荘園《しょうえん》っていうんだっけ？

一気にはできないけれど、目指すのは大農園だね！

植物魔法で気ままにガーデニング・ライフ

第六章 スパイス創造と枝豆騒動！

Chapter.6

Enjoy a carefree gardening life with plant magic.

七月も後半に入ったある日、僕はマーサにお願いをした。

「マーサ、お願いがあるんだけど。乾燥ハーブを入れる陶器のビンがたくさん欲しいの」

「使用したものでよろしければ、すぐにいくつかご用意できますよ。あとでお部屋にお届けしますね」

マーサはにこやかにそう言うと、陶器のビンを五本用意してくれた。

大人が片手で持てるサイズの素朴でシンプルなものだ。

ガラスビンは高級品だから、釉薬《ゆうやく》でコーティングされた厚手の陶器が手に入りやすい。

僕は自分の部屋の机にビンを並べた。

これに何を入れるかっていうと。

先日から植物栽培スキルさんにお願いしていたものだよ。

僕の記憶の中にある植物を再現してもらっていた。

それは数日前のこと。

植物創造スキルを発動して、まずは植物のペッパーを創造してみたんだ。

ちなみにペッパーはツル植物で、ブドウのような実がなるんだよ。たしか熱帯の海から近い高地が原産地だったはずなので、寒冷地での栽培は無理なんだよね。

スパイスのペッパーには白黒に、グリーンと赤があるんだっけ？

とりあえず、スキル画面を開いて管理人さんに声をかける。

今日は緑の大地と畑しか見えないね？

画面の外側にいるのかな？

『ふわ〜〜あぁ。……ああ、すみません。暇過ぎてうたた寝をしていました』

寝てたんか〜い。

スキルの管理人さんは自由だね！

「管理人さん。ペッパーを作りたいんだけど、白と黒の製造方法の違いがわからないから、とりあえず完熟で作ってみてくれる？」

『また無理難題を押しつけてきますね。まぁ、いいでしょう暇ですから。いろいろ実験してみます』

管理人さんはブツブツ言いながらも、数日後にはペッパーを用意してくれたんだよね。

ああ見えて、結構真面目な性格なのかな？

言動はアレだけど。

最初に試作されたのは、赤いペッパー粒だった。

『いやいや、苦労しましたよ。まずは完熟したペッパーの実を乾燥させたものが、こちらの赤ペッパーです』

おお！　いきなり意外な赤ができちゃったの？

『そうです。次に未成熟の緑の実を、天日干し乾燥させたものが黒くなりました。白ペッパーはただいま実験中ですので、しばらくお待ちください』

いやいや、黒と赤だけでも十分だと思うよ！

使い分けにこだわるほどグルメじゃないしね。

「ありがとうね！　管理人さん！　引き続きほかのスパイスも作りたいんだけど……」

『…………』

ブチッ！　いきなり画面が閉じられた!!

僕はしつこく呼び出して、スパイスを作ってもらったよ！

『これはストライキ案件です！』

管理人さんの叫ぶ声が脳内に木霊したけど、僕は気にしないよ。


そんな感じで、記憶のスパイスを再現してみたのだ。

クローブとカルダモンとシナモンとバニラビーンズ。レモンと黒糖も必要だったかな？

何って、某料理番組で見た、クラフトコーラの作り方だよ。

スパイスで作れるんだと驚いた記憶が、なぜか鮮明にあるんだよね。

スパイスも本を正せば植物だし、植物創造スキルで作れると思ったんだ。

僕の転生特典の記憶は、植物特化だからね。ところがこの転生特典には穴があって、その植物を使った諸々の料理レシピは思い出せないんだよ。

だからクラフトコーラを作るには、配合の研究が必要になるんだ。

肝心の炭酸水もないしねぇ。

勢いで植物創造したけれど、今はまだ活用法がなかったというオチだよ。

残念。

でもペッパーは絶対にあったほうがいいので、作ったことに後悔はない。

今世でもペッパーが高級品なことには変わりなく、手に入りにくい品だった。熱帯の植物だから、当然外国からの輸入品になるものね。

前世でも昔はスパイスは金や銀と同じ価値があったんだよね？

ラドクリフ家では辺境伯から、少量融通してもらえる程度だよ。

東に足を向けて寝られないから、頭を向けて眠るね！


ちなみにお塩は、ラドクリフ領の西のスウォレム山脈に岩塩が取れる場所があって、そこから調達しているんだって。

ただ往復だけで三週間くらいかかるらしくて、採掘に行くときはマジックバッグをあるだけ持っていくんだそうだ。村人の分も確保しないといけないからね。

道中には魔獣との戦闘もあるから、大変だって聞いたよ。

他領に売るほどの余裕はないみたい。

だからお塩も超貴重品。

考えてみれば、我が家の食事は薄味だもんね。慣れればなんてことはないけどさ。

ペッパーにお塩とくれば、当然お砂糖も貴重品。

しかしお砂糖は植物から作れるから、僕の植物園で創造済みだったりする。

寒冷地栽培できる甜菜《てんさい》を作ったんだよ。

それを加工する工場もできていて、僕のスキルは本当に至れり尽くせりのチートだよね。

加工といっても、甜菜を細かくカットしてお湯に浸して糖液を抽出し、ひたすら灰汁《あく》を取って煮詰めて作る素朴なものだ。小人精霊さんたちが分業で作業していたよ。

おっきいお鍋を、おっきいしゃもじでかき混ぜているの。

すごくかわいい。

精製された白砂糖とは違う味がしたけれど、この世界では十分貴重な甘味だよね。


話が延々と脱線したけれど、そんな感じで作ったスパイスや甜菜糖をビンに詰めていく。

これが世に出たら、僕はドナドナ監禁されるかもしれない。

怖いよね〜。秘密だよ？

ペッパーの代わりになる植物って、ほかに何かあったかな？

サンショウやワサビはどうだろう？　マスタードとかもこの世界にあるのかな？

多分、父様や従士に聞いてもわからないよね。

いつか僕が大人になったら、森に行って探せるかな？

そんなことをつらつらと考えているあいだに、スパイスをビンに詰め終わった。

ペッパー・クローブ・カルダモン・ローレル・クミンの五種にした。

この五種類だけでも、料理の幅は広がるんじゃないかな？

ペッパーは必須のスパイスだよね。

（クローブ　殺菌力が高い薬草。お肉の臭み消しに使える。入れ過ぎると薬臭くなる）

（カルダモン　爽やかな香りがどんな料理にも合う。お菓子にも飲み物にも使える。クローブとカルダモンはクラフトコーラの材料になる）

（ローレル　別名、月桂樹《げっけいじゅ》。煮込み料理、肉や魚の臭み消しに使える）

（クミン　スパイシーな野菜炒《いた》めに使える。トマトとの相性が良い。ほかにコリアンダー・ターメリックがあれば、簡単なカレーが作れる）

スキル鑑定さんが教えてくれたよ。

クローブもカルダモンもカレーに使えるよね？　それにしても、異世界でカレーを作ったら、一皿でいくらになるんだろうね？

カレーは封印したほうがよさそうだ。

ほかにも小さめのビンを追加でお願いしているので、ビンが届いたら乾燥ハーブを詰めていこう。

とはいっても、庭に行けばバジルやタイムなどの各種ハーブは繁殖しているし、夏野菜のパプリカやトウガラシも植えてある。シソなんてこぼれ種で勝手に増えているよ。

ジンジャーやガーリックもスパイスなんだよね。

スパイスとは認識しないで、普段から使っているかもしれないね。

ビンに手書きのラベルを貼っていく。幼児の丸っこい文字も愛嬌があっていいでしょ？

「できた！」

ピョンと椅子から飛び下りると、ビンを手提げカゴに詰めて「よいしょ」と部屋を出た。

幼児にはちょっと重いけど、トコトコ歩いて料理場へ向かう。

今は昼下がりだから、ジェフも一休みしているころだろう。

「ジェフいる〜？」

僕は料理場の入り口から声をかけた。

「おや坊ちゃん、おやつにはまだ早いですよ？　喉でも渇きましたか？」

ジェフが僕に気づいて近づいてきた。

「違うよ〜。新しいものができたから持ってきたの！」

僕はそんなに食い意地が張っていないもん！

屈《かが》んだジェフの目の前にカゴを突き出した。

ジェフは僕からカゴを受け取ると、ラベルの文字を見て目の色を変えた。

「坊ちゃん、こりゃぁヤバい代物ですぜッ!?　この量だけで俺の給金の何年分に相当するやらッ!!」

おおぅ、頭に響く大声だね。思わず耳をふさいじゃったよ。

というか、敬語がすっ飛んでいるね。

ジェフが言うと『ヤバいブツ』に聞こえてくるのはなんでだろう？

空耳かな？

「知っているよ。だからちょっとだけだよ？　お家で使う分だけだもん。あとでお庭にあるハーブも乾燥させてビンに詰めるね～」

かわいく見えるように上目遣いで言ってやった。

そんな僕を見て、ジェフは口元を引きつらせていた。

「パントリーに勝手に入れておくからね～。自由に使ってね～」

僕は有無を言わせず、さっさときびすを返した。

撤収！

あとからバートンに「少しは自重するように」と注意された。

でもパントリーへの立ち入りは禁止されなかったよ。我が家で消費する分には害はないということだよね？

新しく来た人たちには、しっかりとクギを刺すと言っていた。通いの使用人さんたちは、料理場には入らないから大丈夫だよね。

僕のスキルを大っぴらにしないように言われていたけど、うっかり自分でバラしちゃったよ。てへぺろ。

ある日、陽気に歌いながら地下にあるパントリーに忍び込んだ僕。

薄暗い庫内を、ピッカちゃんに魔法で照らしてもらった。

壁際に棚が設置してあって、部屋の真ん中にはテーブルが置いてあるね。奥のほうにある麻袋は穀物かな？　残りの在庫が少なそうだね。

僕は棚に近づいて見上げた。

棚は六段あって、僕の頭のところが下から二段目くらいだよ。

一番下は高さがあって、嵩張《かさば》る重い食材が置かれているようだから、スパイスは上のほうがいいよね。

見上げてみたけれど、上の段は小さい僕には絶対に届かない。

「フウちゃん、手伝ってくれる？」

姿は見えないけれど、フウちゃんに声をかければ、念話で了承してくれた。

「上から二段目の、大人の目線のところに並べてくれる？　ラベルが見えるようにお願いね」

フウちゃんは僕の指示どおりにビンを並べてくれたんだ。

ありがとね〜。

来たついでに、下の段には果物を置いていこうか。

オレンジもおいしいよね。もちろん白桃もね。

ああっと！　甜菜糖も忘れずにね！　これは多めに置いていくね〜。

あとでクッキーとか焼いてもらおうかな。だったら小麦粉もいるよね。製粉してないけどいいかな？　ついでにお野菜も補充しておこう。

いいことをしたな～と、満足した僕と精霊さんたちは、笑顔でパントリーをあとにした。

その日を境に、パントリーにスパイスや食材が増え出して、ジェフが頭を抱えていたらしい。

「坊ちゃん、製粉どころか脱穀もしていない小麦を、オレにどうしろと？」

あれ？

出す袋を間違えたみたい。

八月を目前にして、ジャガイモの収穫が無事に終了した。

参加した村人には日当を支払い、収穫物はふたつの村に分配したり、商人に売ったりした。

来年以降、育てたいと言ってくれる村人も現れた。

いいことだよ。

メロンも精霊さんたちがお世話してくれているから、成長も早くて実も大きくなっていた。

何より網目模様がきれいに入っていて、露地栽培とは思えない出来栄えだよ！

ひと玉いくらで売れるんだろ？

僕は精霊印のスーパーカリスマ農家だね！

はっはっは！

思わず腰に手を当てて、ふんぞり返って笑ってしまったよ。精霊さんたちも同じポーズで笑っていた。かわゆす！

グリちゃんに熟したメロンを見分けてもらい、何個か収穫してマジックバッグにしまっていく。

成長具合を確かめるために、切り分けたメロンをみんなで味わうのだ。

この世界の人たちは、マスクなメロンの大玉なんて初めて見るだろうねぇ？

早速談話室に集まって、試食することにした。

「！　何これ、ウッマ!?」

カイル兄が大声で叫んだあと、ものすごい勢いで食べ始めた。

「こりゃっ！　行儀が悪いぞ、カイル!!」

ジジ様がカイル兄を叱りつけても、本人はまったく気にもとめないね。

そういうジジ様も、猛然と食らいついている。

血筋かな？

レン兄は無言で静かに早食いしていて、リオル兄は優雅にお上品に食べていた。

リオル兄は家にいて、僕の植物園産をいつでも食べられるから、がっつく必要がないもんね。

僕も父様も、同様にまったりといただいたよ。

うむ、美味であった。

メロンのあとにスイカ……は、やめたほうがいいかな？

糖度が違うから逆に出せばよかったかも。

失敗しちゃった。……なんて配慮は必要なかったわ。

出てくる端から消えていった。

わ～、すごい。

スイカも瑞々しくて甘々だった！

スイカは中玉くらいの大きさだよ。あんまり大きくても家族で食べ切れないからね。

こっちの世界では、切って売るわけにはいかないもの。

スイカはさすがに高級品としては売れそうにないから、ルーク村に配ってもいいと思う。

父様とバートンに伝えておいたよ。

夕食後には、早採れ枝豆とコーンをゆでてもらった。

枝豆は夕食前に子どもたちで必死に実をもいで、即行でゆでてもらったんだよね。

カイル兄はもいでいる途中でブーブー文句を言っていたけれど、ゆで立てを摘まんで食べたら、そのおいしさに瞳を輝かせていた。枝豆はお湯を沸かしてから、収穫しろと言うもんね。

んふふ～。

子どもたちは蜂蜜レモン水と一緒に食べた。

レモンは植物園産で、蜂蜜は大森林で従士が見つけてきたものだよ。

半分に切ったレモンを搾って、蜂蜜を入れてよく馴染ませたら、お水を注《つ》いで出来上がり。濃さや甘さはお好みで加減してね。氷や炭酸水があったらなおいいかも。

なんて思っていたら、ジェフが小さな氷を入れてくれたよ！

ジェフは氷魔法が使えるんだって！

カッコイイね!!

お礼にひとつ、知識を授けて進ぜよう。

「枝豆には少しだけ冷やしたエールビールが合うよ」

ジェフに屈んでもらって、コソッと耳元でつぶやいた。

「どこでそんなことを覚えてきたんです？」

不審そうに眉をひそめたジェフは、ブツブツ言いながらも、いそいそと準備をしていたよ。

試飲と称して大きめのグラスに注ぎ、じっくり味わうように飲んで笑顔になっていた。

「坊ちゃん！　これはうまい！」

うん、感謝してくれていいよ〜。

エールは冷やし過ぎないのがコツだって、どこかで聞いた記憶があるんだよね。

本当は枝豆には、キンキンに冷えたラガービールがいいんだけど、この世界にはないしね。

何より僕が飲めないもんね！

ジェフがチョイ冷えエールを出せば、枝豆とのタッグに、父様とジジ様が止まらなくなった。

家にあるエールを飲み尽くす気かな？

バートンのすがめられた目が怖いよ……。

明日はお説教かもね。

このあとチョイ冷えエールが我が家でブームになったのは、言うまでもない。

翌日、学園に戻る準備を始めたカイル兄に、メロンやラドベリーを持って帰りたいと頼まれた。

「ハク様！　ぜひ私に至高の果実をお与えください！」

談話室のソファに座ってのんびりしていた僕の前に、カイル兄がひざまずいて頭《こうべ》を垂れた。

なんか変なスイッチが入ったね。

僕は足をブラブラさせながら、とりあえずお茶を飲んでみる。

ハッとしたようにレン兄もカイル兄に倣った。

う～む。

カイル兄はどうでもいいけれど、レン兄に頼まれると、ノーとは言えない優しい僕。

そのようすを見ていた父様が、笑顔で大きくうなずいた。

父様がそう言うならば、僕は従うよ。

僕の前にひざまずいたふたりに向き直った。

「レン兄様はいいけど、カイル兄様は僕をからかって遊んじゃダメだよ？　お約束できますか？」

「クッ！」と一瞬顔をしかめたカイル兄は、しぶしぶうなずいた。

「善処します」

わ～、うそくさいよね～。

だけど僕は優しいから、目をつむってあげるよ。

僕の代わりに精霊さんたちが、カイル兄を睨んでいるからね。

「ふたりともマジックバッグを出して。容量はある？　いらないものがいっぱい入っていない？

整理整頓ができないと、かわいいお嫁さんが来ないよ〜」

鬼嫁が来るよ〜。

僕のわざとらしい言い方に、カイル兄はすかさずツッコミを入れた。

「なんでだッ!?」

はい、はいっ！　早くお出しよ！

時間は有限なんだからね。

僕はマジックバッグを漁《あさ》るふりをしながら、スキル倉庫から果物を取り出した。周りからはマジックバッグから取り出したように見えただろう。

「ラドベリーとメロンでしょ。白桃とリンゴも入れてあげるね。スイカは大きいけど、いるの？」

聞けばカイル兄もレン兄も、コクコクと頭を上下させていた。

ああそう、いるのね。

「じゃあトマトとキュウリもあげるね。お塩をちょこっとつけて食べるとおいしいよ！　でもお塩のとり過ぎはダメなんだよ。生だけどコーンもあげるから、あとでゆでてもらってね」

僕に超絶感謝して、毎日北に頭を下げてからお食べよ。


あれれ？

なんでジジ様も父様も並んでいるのよ？

「すまんな。わしにも譲っておくれ」

「私にも頼むよ」

ジジ様と父様に言われると断れないよね。

引き続き、せっせと配給作業をおこなっていると、精霊さんたちが慌てて僕を引っ張った！

「んん？　どうしたの？」

精霊さんたちに引っ張られて屋敷を飛び出せば、パパンとジジ様もついてきた。

トットコ走って屋敷前の畑にやってくると、カイル兄が「ヒャッハーッ！」状態で枝豆を抜き取っていた!!

それを見て、一気に蒼ざめる僕とパパン！

あの勢いでは全部採り尽くされてしまう!?

「あぁ！　待って！　畑の枝豆を全部抜いちゃダメ!!　半分は大豆にするの！　枝豆は大豆を早採りしたものなの!!」

だれかカイル兄を止めて!?

何あれ？　カイル兄はイノシシか何かなの??

「うわ〜ん!!　カイル兄様が僕の畑をイジメるよ〜ッ!?」

さすがにギャン泣きしちゃったよ。

レン兄とパパンがカイル兄に飛びかかり、ジジ様の拳がカイル兄の頬にめり込んで、パパンとレン兄もろとも吹っ飛んだ!!

落ちた先は枝豆畑で、僕のギャン泣きはますます激しさを増した。

精霊さんたちもカイル兄にステルス攻撃を始めた。屋敷から従士とカイル兄の護衛騎士も走ってきて参戦し、全員でしっちゃかめっちゃかになってしまった！

泣きじゃくる僕をバートンとマーサがなだめ、リオル兄とビクターは呆然《ぼうぜん》と立ち尽くしていた。

まさにカオスだった。


カイル兄は散々ボコられて、す巻きにされた。ジジ様を筆頭に、自分の護衛騎士にも、どさくさに紛れた家の従士にも殴られていた。

あれ、バレたらヤバくない？

結局枝豆畑は採り尽くされ、大豆畑にまで悪の手が及んで、なんとか三分の二は死守することができた。しかし、畑は見るも無残なありさまで、グチャグチャになっていた。

精霊さんたちと一緒に、がんばって作った畑なのに……。

あまりの悲しさに、涙がボロボロとこぼれて止まらなくなった。

しゃくり上げる僕の前に、全員が土下座して謝っていたけれど、もう元には戻せないんだよ？

結局残った大豆畑も、一部を残して抜き取ることになってしまった。

バートンから憤怒《ふんぬ》のオーラが立ち上っていたよ！

その日の僕は、泣き疲れてそのまま眠ってしまったんだ……。

もう、疲れたんだよ、僕……。

翌日、ジジ様から呼び出された。

なんだろな～？

バートンに手を引かれてトコトコ談話室に向かうと、父様とジジ様が待っていた。

談話室の隅にはビクターと、ジジ様の従者さんが控えていた。

ジジ様の従者さんはカッコイイおじ様だよ。いつも薄ら笑っているけど、目はまったく笑っていないんだ。あれは絶対腹黒いタイプだと思う。うっかり目が合うと魂を抜かれるかもしれないから、僕は目を合わせないのだ！

なんてふざけている場合ではないようだ。

今日はいつもと違って真面目なお話のようだね。空気が読める僕は、真面目な雰囲気を察した。

何か悪いことをしたかな？　心当たりしかないかも……。

内心ドキドキしちゃうよね。

僕は神妙な面持ちで、父様の隣にちょこんと腰を下ろした。

いつもなら、お膝をたたいて「ここへおいで」と呼ぶんだけど、今日は珍しく対面に座ったジジ様が、真剣な顔で切り出した。

「ハクよ。これは辺境伯家としての頼みだ。我が領にも魔除草を譲ってほしい。正式な依頼として対価も支払う。契約書を交わそう」

僕はキョトンとして、ジジ様と父様の顔を交互に見つめた。

「ハク頼みになるからね。父様の一存では決められないよ」

父様は優しく僕にほほ笑みながら、そう言った。

とりあえず、叱られるとかではなくてホッとした。

でも僕がらみの案件だった。

とはいえ、ラドクリフ領内の植えつけも、まだ終わっていないよね。

村の周辺が終わって、街道沿いに植えている途中だったはず。それも真夏の今は休んで、秋から再開するって従士のだれかが言っていた。

「あのね、魔除草を作るのはいいけれど、真夏の植えつけはよくないんだよ？」

魔除草の苗自体は、在庫過多なくらいあるから平気だけどね。

「あとね、魔除草は魔素が濃くないと元気に育たないんだよ」

魔除草といいながら、魔素を必要とするのは不思議だよね。

「うむ。その点は考慮する。ラグナードではダンジョン周辺と、大森林に面した危険区域に植える予定だ。もちろん一度に全部ではない。区画を決めて、順に進めることになるだろう」

家の規模は全く違うけれど、辺境伯領もラドクリフ領も、同じ大森林に隣接している辺境だから、魔物の脅威は変わらない。

ダンジョン周辺に魔除草を植えるのは、魔物のスタンピードに備えてかな？

森よりそっちのほうが発生しやすいのかも。

僕が考え込んでいると、父様が説明してくれた。

「ダンジョンは意外と市街地に近いんだよ。ダンジョンがあるから、その周りに街ができたと考えていいぞ」

ああ、なるほど。ダンジョンありきで発展してきたってことだね。

「ラグナード辺境領にあるふたつのダンジョンは、最上級ダンジョンなんだ。スタンピードに備えて、市街地までは数千メーテ離れているが、あふれ出したらあっという間に到達する距離だな」

父様の説明に、ジジ様と従者さんもうなずいていた。

危険と隣り合わせなのは、我が家と同じってことだよね。

だったら一肌脱がないとね！

寄生してばかりで、恩返しができていないから。

「では、涼しくなったら苗を取りに来てください。荷馬車でもマジックバッグたくさんでも大丈夫ですよ。一緒に堆肥と肥料もおつけしますね。植え方もそのとき指導します」

春と秋に何回でも来てね、とつけ加えておいた。

契約や対価のことは、父様と話し合ってくれればいいよ。

バートンに任せれば間違いないよね。

バートンは僕の目を見て、しっかりとうなずいてくれた。


二日後には、レン兄とジジ様がラグナードに戻っていった。

一緒にパパンも王城に財務の申告に行くそうだ。

カイル兄はどうでもいい。なんならもう来なくてもいいよ。

お見送りのとき、今年の僕は泣かなかったよ。逆にレン兄のほうがしょんぼりしていた。

お手紙書いてね！

お返事はリオル兄が書くからね！

リオル兄がスンとした顔で僕を見ていたけれど、幼児の僕には長文は難しいからねぇ。

お願いしますよー、リオル兄様。

バイバイ、レン兄。来年の夏にまた会おうね。

その後、お手紙を書くたびにリオル兄にしっかり対価を要求された！

かわいい弟に少しは優しくして!?


さて八月はメロンとスイカを売りまくった。

メロンはお貴族様向けに高級感を出して箱入りで。

スイカは村に配って、残ったものは平民でも手が届くお値段にして販売した。

ルーク村に支店を持つ商会が、販売に一役買ってくれたんだよ。

そうそう、こんなへんぴな村に商会の支店があったって驚きだよね。

ルーク村も人口二百人弱だから、村の規模としては商店があってもおかしくない。さすがに物々交換はないよね。

魔獣の皮やお肉や魔石で、いい商売ができているらしく、こんな危険でへんぴな場所にもわざわざ支店を出しているんだって。

近隣の領から食料や雑貨を運んできて、村人相手に商売をしているようだ。

ここは競合相手がいないから、高値で売れるってメリットがあるのかも。

いずれは商人とも仲良くやっていかないとね。


そうやって怒濤《どとう》の夏が過ぎていった。

寒冷地の夏なんて短いから、あっという間だよ。

収穫を終えた畑は少しのあいだ休ませて、今度は秋野菜を植える予定だ。

ジャガイモ掘り以降、数人の村人たちが手伝ってくれるようになったから、農作業はお願いできそうだね。僕は堆肥と肥料と、種子や苗を用意するだけだ。

寒冷地で秋植え野菜ってなんだっけ？

カブはギリギリいけるし、ホウレン草やチンゲン菜も育つね。

雪が降るまでのあいだに、葉物野菜中心で育てよう。


ちょうどそのころ、ラグナード家から魔除草の買いつけにやってきた。

事前に連絡が来ていたので、あらかじめ屋敷の前庭に苗の入ったトレイを出して並べ、肥料と堆肥が入った麻袋は、裏の通路脇に積んでおいたよ。もちろん僕ひとりでは無理なので、トムや従士たちが手伝ってくれたんだ。

ラグナード家の騎士様たちは到着するなり、大容量のマジックバッグにドンドン詰め込んでいった。そのときに植え方などの注意点を、トムから文官さんへ伝えてもらったよ。

こうして秋のあいだ中、魔除草はラグナードへ何度も運ばれていった。

それは翌年以降も継続されるので、大口の取引に父様はホクホクしていたよ。


植物園のほうでは温州《うんしゅう》ミカンの栽培が可能になったので、リンゴとミカンを集中的に作ることにしたよ。冬はミカンを食べるんだもん。

そうそう、植物園内の果樹だけど、一本の木から果実が採取できるのは五十回くらいだったよ。

『一年で一回収穫すると考えれば、五十年栽培したことと同じです。植物園で役目を終えた木は、木材に加工されますので、無駄にすることはありません』

管理人さんが真面目なトーンで教えてくれた。

草花も野菜も果樹も、命のサイクルが違うだけで、いつかはみんな土に還るんだね。

感謝しなければいけないと、僕はしみじみと思ったよ。

「そうだ、管理人さん。例のものは用意できているかな？」

『フフフ、例のものですね。しっかりたっぷりご用意しております！　感謝しまくってください！』

相変わらず、一言余計だよね〜。

植物魔法で気ままにガーデニング・ライフ

第七章 バラの庭づくりと冬の内職

Chapter.7

Enjoy a carefree gardening life with plant magic.

もう秋も終わったのかと思っていたらごめんね。

最後の大仕事の時期が来た。年末の大掃除ではないよ?

コートが必要な季節になった。

いよいよ来客用前庭の制作に取りかかることにしたのだ。

まずは正面の防護壁門から、玄関エントランスまでの両脇に、バラを植えようと思う。

一応は貴族家なので、敷地内の道は石畳でできている。敷地外の道は未舗装路が多い。

街道もそうみたいだよ。

速足のときの、お馬さんの脚にかかる負担が考慮されているのかな? 馬車なら舗装路のほうが走りやすいと思うけど。

さてさて、植物園内の工場で作ったレンガを、石畳の両端にきれいに並べていく。

グリちゃんポコちゃんたちのほかにも、ルーク村に漂う小さな精霊さんたちが総動員でお手伝いしてくれている。

ありがとうね! みんな、がんばって!!

他力本願の極みだね。

きれいに三段並べてしっかり固定する。モルタルみたいなものが用意されていたよ！

すごいんだね、僕の植物栽培スキルさんって。

真っすぐ並んだレンガは、プロの仕事のような美しい仕上がりだった！

レンガの向こう側の土を、いつもどおり魔法でポコポコ耕してフカフカにする。

垣根の幅はニメーテくらいにして、道の両脇を仕上げた。

ここはこれでよし。レンガが乾くまでのあいだ、次の作業場へ移動する。

お次は前庭の遊歩道の下地を作ろう。

東屋《ガゼボ》までのおしゃれな庭園の小道だね！

ガゼボやアーチはすでに職人に製作を依頼していて、僕の描いた計画図に従って大人たちが事前に設置してくれていたんだよ。ところどころ難解な図を見て、苦労していたみたいだけどさ。

わかりにくい絵でごめんね〜。

散策路ができたら花壇の土作り。庭の基礎作りは地道な作業だよね。

でも土いじりって嫌いじゃないんだ。むしろ土の匂いが好き。

良い土は良い匂いがするんだよ。逆に悪い土は臭いからね！

ここまでの作業に数日を費やした。庭の面積もそれなりにあるから、作業は大変だよ。

ちゃんとお休みを入れながら作業しているから、体調管理もバッチリさ！

そして今日は植えつけ作業をおこなう。

まずはメインのバラさん！

管理人さんに頼んで、バラの立派な株を植物創造しておいたんだよ。

この世界では原種のバラとか、一期咲きのオールドローズしかないと思うんだよね。

実際あっちの世界の中世でも、現代のようなバラはなかったはずだよ。モダンローズ（現代バラ）の歴史は、まだ百五十年くらいだったもの。

オールドローズはどっちかっていうと、育てるのが難しかったなぁ。白やピンクのバラが多くて、赤系は深紅というより赤紫の濃い感じのものだ。花びらが多くてゴージャスだったよ。

今回僕が作ったのはモダンローズで、前世で育てていた種類の再現を試みたのだ。

紫や深紅、色とりどりのバラがあるんだよ。

モダンローズは品種登録されているものが多いから、挿し木で増やしたものを勝手に売ったり人に譲ったりしちゃダメなんだよ。

ここは遥か異世界の地だから、そっくりなものを作ってもゴメンしてね。

特に近代のバラは病気に強くて、育てやすくなっているんだけど、それでもうどんこ病とか黒星病とかに、さんざん苦労させられたよ。

虫にも食べられ放題だしね。ラスボス・カミキリムシ憎し！

バラって棘《とげ》があるくせに、自分ではまったく自衛しないんだよね。あの棘はお世話する人間を刺すものだったんだ！

それでも咲いてくれたときは本当にうれしくて、傷だらけの手と苦労が報われたんだよね。

まぁ、どんな植物でも病害虫は同じなんだけどさ。

だが、しかし！

今の僕の庭には精霊さんがいるから、病害虫知らずだよ！

浄化の魔法もあるし、ローメンテ最高！


大株に育ったバラのポットを、沿道や花壇に仮置きしていく。

沿道の手前には木立性ローズを、後方に一株分ずらしてガーデンオベリスクにシュラブローズを配置する。前後で高低差を出すことで、視線が上がって奥行きが出るよね。

お家の顔になる部分だから、咲いたときを想像して配置してみたよ。

ちなみにシュラブっていうのは、木立性バラとツルバラに分類されないものを指すんだけど、実は定義があいまいで、その区別がつきにくいんだよね。半ツルバラともいわれていた。

バラさんについて語り出すと長くなるからやめておくね。

さてさて、門から屋敷前の沿道はこれでいいかな？　左右対称で咲いたらきれいだよね！

お次は来客用前庭の散策路だ。

等間隔で渡されたアーチにはツルバラを誘引し、そのアーチのあいだにもオベリスクを設置して、足元には木立性ローズを置いて、とにかくいろんな種類のバラをこれでもかと配置してみた。

もちろん風通しと、これからの成長予測もしながら、株間はしっかり開けてあるよ。

あとは大きめのシュラブは庭の奥のほうね。

そんな感じで場所を決めて配置バランスを見る。

「いい感じじゃない？」

横にいる現場監督補佐のグリちゃんポコちゃんに聞いてみると、ふたりは顎に手を当ててうなずくと、親指をグッと立てた。

はーい、オッケー出ました！

それでは植えつけをお願いします！

小さな精霊さんたちがワーッと一斉に動き出すさまは、キラキラ、ワラワラ、なんかとってもメルヘンだね。

もちろん僕もお手伝いするよ。

とはいえ、作業の遅さはブッチ切りの一位ですが、何か？

手の空いたトムや従士も手伝ってくれたよ。仮置きしたものを土に植えるだけだからね。

「ロープでしばってあるけど、棘には十分注意してね！　引っかかれると傷跡が残るよ!!」

みんなに注意を呼びかけておいた。

言っている側から従士が「痛ってーッ！」と叫んでいたね。

早速バラさんの洗礼を受けたらしい。

ふふふ。

それが終わったら、株元を堆肥でマルチングして防寒する。クーさんにたっぷりお水を散布してもらえば、バラの植えつけは完了だ。

ほかにも宿根草を植えていく。

開花時期や色や高低差も一生懸命に考えたんだよ。

クレマチス・クリスマスローズ・アスチルベ・ガウラ・ヒューケラ・セージ・アジュガ……、耐寒性の宿根草をいろいろあげていたらキリがないねぇ。

みんな植えようねぇ。

うふふ。うふふふふ～。

防護壁の下には半日陰でも育つ、ホスタやアジサイなどを配置した。

場所を変えてブルーベリーやカシスなど、食べられる低木果樹エリアも作った。バラ園の奥のほうにはブドウ棚を設置して、翡翠《ひすい》ブドウのツルも這わせておいたよ。

屋敷裏の道沿いにはリンゴと桃の苗木も植えたので、数年後には自家栽培の果実が食べられるだろう。

楽しみが増えるよね！　むふふ。

今回植栽しなかった場所は、来年の春に一年草を植える予定だ。

あとは屋敷に近い地面に芝を敷き、散策路を石畳で舗装する。石の色を変えて模様を作ってみたら、おしゃれな感じになったね！

最後はお掃除をしておしまい。

僕はやり切った！

完成した庭を眺めて、僕は満足していた。

今はまだ緑の少ない庭だけど、来年の初夏には青々とした葉を茂らせ、見事な花をたくさん咲かせてくれることだろう！

思い描く未来はバラ色だね！　バラだけに!!

一応これでナチュラル・ローズガーデンの完成だ。

多分この世界では馴染みのない形式の庭園になると思う。

来年の初夏にみんなが驚くこと間違いなしだね！

僕も楽しみ！

これでやっと、僕の今年のガーデニングは終わりだよ。

また長い冬がやってくる。


『おめでとうございます〜〜！　レベルが20に上がりました〜〜！』

管理人さんがハイテンションで叫んだ。

ちょっとうるさいよね〜。

植物創造魔法で多種多様なバラ苗などを作ったから、一気に上がったんだろうね。

趣味のためなら、労を惜しまないのさ！

耕作面積もたくさん増えていて、なんかもう数えるのをやめたよ。

『私の話を聞いてください！　ゴニョゴニョ!!』

管理人さんが何か文句を言っているけれど、細かい説明はいいや。

収穫までの時間も五時間になって、日に何度でも植えつけできるようになった。予約機能も十枠に拡大したから上手に活用しないとね。

とはいえ今は無計画に、好きなところに植えているんだよね。

新しく追加されたのは水生植物栽培地。

今回からは特に植物の指定はなかった。きっと僕が創造魔法で好き勝手に、バンバン作りまくるから、もう勝手にしろってことだと思う。仕事を奪ってごめんね、管理人さん。

ということで、お米の栽培が可能になったよ！

ぱふぱふ～！

あとは薬草のクレール草も作れるってことだね。

この世界の植物を栽培するときは、一度現物を倉庫に入れないといけないみたいだから、だれかに採取してきてもらう必要があるんだよね。多分この大森林のどこかにあるはずだから、来年お願いしてみようかな。

楽しみが広がるね。

ついでに倉庫の容量が、ついにカンストしたよ！

大量に作った魔除草が『９９９』で上限に達した。

ただしこの『１』に、畑一マス分の収穫物が入るから、実際はこの数十倍以上のものが保管されていることになる。しかも乾燥加工されたものは別枠扱いだった。

僕的にはほぼ無限収納だと思っている。

そうしているうちに寒い冬がやってきた。

雪が降って外に出なくなった僕は、ちょっぴりお暇さん。

何か室内でできる仕事はないかな〜と考える。

そして僕は閃いた。

倉庫もカンストしたし、魔除草を加工して売ったらどうだろう？

魔除草は人体には影響がないから、室内で内職とかできると思うよ。

早速マーサに聞いてみよう！

僕は遠慮もなく、マーサが作業する部屋へ突撃した。

「マーサ、魔除草を乾燥させたものって、どうやって売り物にするの？」

「急にどうしたんですか？　また何か思いつかれましたか？」

繕いものをしていた手を止めて、マーサが僕を見た。

「うん、冬のあいだってお仕事がないでしょ？　何か冬でもできる内職はないかなって考えたの。

そしたら魔除草を加工して、冒険者ギルドに売れるってお話を思い出して……」

僕は手に持っていたカゴから、乾燥させた魔除草を取り出してみせた。

「まぁ、よくご存じですね。確かにそんなお話を聞いたことがありますねぇ……。トムあたりが詳しいかしらね？　そちらのカゴをお預かりしてもよろしいですか？」

なんかマーサの目つきが変わった。

そうだよね。魔除草が売れるって思い出したでしょ。

マーサもラドベリー販売以来、村のご婦人たちとのネットワークができたから、彼女たちの内職があれば紹介したくなると思ってさ。

僕って気が利くよね。

「乾燥させた魔除草はたくさんあるから、わかったら教えてね」

僕は自分が言いたいことだけを告げて、精霊さんたちとトットコ部屋に戻ったよ。


早速マーサから父様にもお話が回って、あっさり村の農閑期の内職に採用された。

村の集会場を作業場にすることも、村長は快諾してくれたそうだよ。

冒険者ギルドは世界中のどこにでもあるし、魔除草の需要も高いそうだ。

魔除草のその希少性も、重要なポイントになるよね。

軌道に乗ったら、村の新たな収入源になるんじゃないかな？

気になったので、使い方をバートンに聞いてみた。

「魔除草を乾燥させたものに、直接火を点《つ》けていぶしても効果がございますが、さらに虫除草《むしよけそう》を加えると相乗効果が高まります。夜営のときは虫も厄介でございますから」

魔物もだけど、蚊や羽虫や毒虫を寄せつけなくなるのだそうだ。

バートンは何かを思い出したのか、顔をしかめていたね。めったに表情を崩さないバートンには珍しいことだよ。

基本のレシピと材料はあるというので、乾燥魔除草を麻袋にたっぷり入れて渡しておいた。

完成したものは魔除玉といって、着火してから長時間煙をくゆらせるために、スライムの体液とノリを混ぜて、練って丸めるのだそうだ。

こうすることで、ひとつで二〜三時間は保《も》ち、それを見張りの交代のたびに火に投げ入れて、朝まで絶やさないようにするのだとか。

ほかにも粉末を小袋に入れて持ち歩き、逃げるさいに投げつけるなど、いろいろ使えるんだって。

魔除玉の使用期限はだいたい一箇月だそうで、粉末だともっと短い。

だから時間停止機能つきのマジックアイテムを所有する、冒険者ギルドで一括管理して販売するのだそうだ。それならマジックバッグを持てない下級冒険者にも、新鮮な魔除玉を提供できるね。

ほうほう。

それにしても、スライムだって！

物語だと、初めて討伐する定番の魔物だよね！

僕が見せてもらったのは、討伐されたあとの液状に加工されたものだった。

なんだか残念。

スライムは森の掃除屋と呼ばれ、どこにでもいるんだって。

「スライムは最弱だけど、ハクはもっと弱いから、見つけても近寄っちゃダメだよ」

談話室のソファで本を読んでいた、リオル兄に言われた。

えぇ！　僕ってスライムより弱いの？

バートンも真剣な顔でうなずいていたよ。

えぇ……？

できた魔除玉を持って、父様とビクターがカミーユ村にある冒険者ギルドに出かけていった。

ギルドとしても、領主自らが持ち込む話を無下にはできない。

貴重といわれる魔除草を加工して提供するのだから、どちらにしても利のある話だよね。

結果は上々。

冒険者ギルドでも、ルーク村とカミーユ村の街道沿いに植えられた魔除草に気づいていて、活用させてもらえないかと、相談に行こうと話し合っていたそうだ。

ルーク村で作った魔除玉は我が家ですべて買い上げて、一括でギルドに卸すことになった。

これなら村人には確実にお金が支払われるから、安定して収入を得られることになるよね。

冒険者にはむやみに魔除草を採取しないように、通告してもらった。ただし緊急のさいの使用は許可することとした。

ひとつ決めるにも約束事が多いんだね。

みんなお疲れさま。

僕からお礼に山盛りのミカンとリンゴを出しておいたよ。

冬のあいだに僕はバートンとお金の勉強をした。

「この機会にお勉強をしましょう」とバートンが言ってきたのだ。

僕を起点にラドクリフ家が商売を始めたから、覚えておけってことらしい。

通貨に関しては、いずれは学ぶ必要があるから異論はない。

物語に出てくるお貴族様は、現金なんて持ち歩かないで、ツケ払いや小切手なんてこともあったよねぇ。ジャガイモを生産している時点で、そういう貴族生活とは無縁だけどさ。

というわけで、神妙に机に向かった僕の前に、バートンが硬貨を並べた。

この世界の通貨はどこの国に行っても同じで、共通通貨単位は『セラ』。

バートンの説明を聞いて、僕の前世の感覚と照らし合わせると、硬貨の価値は『円』に置き換えていいと思う。

小銅貨　百セラ
大銅貨　千セラ
銀貨　一万セラ
金貨　十万セラ
白金貨　百万セラ

「市井では小銅貨何枚など、コインの枚数で取引されますので、セラを使うことはあまりございません」

わー、白金貨なんてお家によくあったね、ピカピカ輝いているよ！

僕は硬貨を手に取って、じっくりと眺めた。

大銅貨が五百円玉より一回り大きいくらいで、ほかは全部百円玉くらいの大きさだった。金属の希少性と含有量で調整されているのだろう。

「安易に鋳潰《いつぶ》せないように造幣所で魔法加工されておりますので、偽造してもすぐに発見されます」

通貨に関してはやはり厳しく管理されているんだね。

「たいていの路面店では、偽造貨幣を発見するための魔道具が用意されておりますので、銀貨以上の取引のさいは確認することをお忘れなく」

へぇ〜、そんな便利な魔道具があるんだね。何げにハイテクだと思う。

ちなみに露店では銅貨で買い物するんだって。たとえば、ジャガイモ三個で小銅貨一枚って感じ。農村から遠い街だと、同じものが小銅貨三枚になったりもするんだね。

露店で銀貨を出すと嫌われるらしいよ。

「大きな取引などで大金を伴う場合は、商業ギルドを介してお金のやり取りをいたします。カミーユ村に支店がございますので、もう少し大きくなったら一緒にまいりましょう。商業ギルドでは個人の口座を作ることができます。ギルド証があれば世界中のギルドでお金の出し入れができますよ」

バートンはにっこりと笑って、硬貨を丁寧にしまった。

大きくなったら僕にも口座を作ってくれるんだって！

さらにバートンの授業は続く。

「ルーク村では平均的な家庭で、月収にして銀貨三枚で楽に生活ができます。物価は都市によって違いますが、王都では平民の月収は金貨一〜二枚というところでしょうか」

ド田舎の村だけど、二百人もいれば貨幣経済が成り立つね。

「小規模な山村では、いまだに物々交換している場所もございます」

ほうほう。

今、僕の心の中を読んだの？

バートンはほほ笑んで話を続けた。

「税金は各領主の裁量に任されておりますので、場所によっては人頭税を徴収する領もございますが、我がラドクリフ領では世帯収入の二割を税金として徴収いたしております」

農畜産物か現金で、納税してもらっているんだって。

大人も子どもも一律銀貨何枚とか、あるいは農畜産物の五〜六割徴収なんてところもあるのだそうだ。そんな領地だと、貧しい農民は生きていけないよね。

税率の決め方はともかくとして、所得税のほうがフェアな感じがしてくるね。

ところでバートンさんや。

普通の六歳児に理解できると思って、お話ししているのかな？

「坊ちゃまは聡《さと》いお子様ですので、これくらいはご理解いただけるものと存じ上げております」

涼しい顔でバートンはほほ笑んだ。目は笑っていなかったけど。

ヤバいね、いろいろバレて〜ら！

参考までに、夏に売った高級果物は銀貨三〜五枚で売れたんだって！

「銀貨数枚など貴族家にいたしましたら、些少《さしょう》な金額でございます」

バートンは胸を張って言い切った！

お〜。パチパチ。

「とはいえ、すべてはハク坊ちゃまのおかげでございます。旦那様からも坊ちゃまの要望には、なるべくお応えするようにと申しつかっておりますので、何かございましたら遠慮なくお申し出ください。無理のない範囲で対応させていただきます」

僕に還元してくれるみたいだね！　だったらこの機会を逃す手はない！

「はいっ！」

バビュッと右手を挙げた。

「なんでございましょう？」

「外の畑を手伝ってくれる人を雇ってほしいです！　できれば孤児院の年長者の中で希望者がいたらお願いしたいです！」

「孤児院ですか？」

バートンが意外そうに僕を見て瞬きをした。

「そうです！　村には孤児院があって、十五歳で卒院すると聞きました。そのあとで仕事が見つからないで村を出る子がいるって聞いたの」

まともな職に就けずに、身を持ち崩す者も多いんだって。従士たちにリサーチ済みだよ。

「農業に興味がある子がいれば指導して、将来的には僕の畑を任せたいです！」

いつかは畑の拡張もしたいからね！

もうすでにバートンの前で幼児を装う気がないな、僕。

開き直りも大切だよ！

「ふむ、よろしいでしょう。こちらから孤児院に打診してみましょう。お任せください、ハク坊ちゃま」

美しい所作でお辞儀をすると、バートンはスッと部屋を出ていった。

言ってみるものだよ。勢いって大事だね。

勉強が終わってよかったな～と寛いでいたら、バートンが数冊の本を持って戻ってきた。

「まだお早いかと思っておりましたが、今日のようすを見ますに、そろそろ教養のお勉強を始めても大丈夫でしょう。こちらは初歩の教本になりますので、予習をお願いいたします」

えっ？

「むずかしくて、僕に読めるかなぁ～？」

わざとらしく小首をかしげて、不安そうな顔で言ってみた。

「ハク坊ちゃまならば、すぐに物足りなくなることでしょう。バートンは期待しております」

ニコニコと笑って、バートンは今度こそ本当に部屋を出ていった。

これって、やぶへび？

またひとつ、余計な勉強が増えちゃったよ！

幼児の自由時間を返して！

植物魔法で気ままにガーデニング・ライフ

第八章 待ちに待った春とバラ園

Chapter.8

Enjoy a carefree gardening life with plant magic.

年が明けて、早くも三月になった。雪は解けたけど、まだまだ寒い早春のころ。

僕は今、鼻水を垂らしながらバラの剪定《せんてい》作業をしている。

寒冷地では春先のバラの芽吹き前に、ツルの誘引や枝の剪定作業をするんだよ。

実はこの時期の作業が一番辛いんだ。水も冷たいし、風もチョー冷たい。

バラの棘が手にブスブス刺さって、春だなぁって思うんだよね。

うふふ。

鉢栽培だとこの時期に用土替えをおこなうから、水が刺すように冷たくてつらかったのを思い出す。

いっそ十二月の、雪のちらつく中でやったほうがマシだった。

遠い前世の記憶だけどね。

今世では地植えにできて超うれしい！

自分で育てた豪華なバラの姿を、一度は見てみたかったんだよね。

春の花のシーズンを思い描いて、僕はバラの枝を切る。

剪定に迷ったときは、植物精霊のグリちゃんに聞けばすぐに教えてくれる。

高くてよく切れる剪定バサミを、パパンに買ってもらったんだよ。

怖いバラの病気が伝染しないように、株が替わるごとにハサミに浄化の魔法をかけながら、一株ずつ芽を見極めて剪定していく。

浄化魔法のおかげでサクサク進んで、魔法最高〜！

剪定作業が終わったあとは、熱めのお風呂で温まった。

鼻水を垂らして震える僕を見かねて、リオル兄がお湯を沸かしてくれたんだよ。

すっごく、呆れた目で見ていたけどね！


さて、農閑期の仕事として始めた魔除玉の製造だけど、冒険者ギルドからの注文が止まらないらしい。その結果、年中製造することが決まった。

パチパチ。

魔除草は人体には無害なので、お年寄りや子育て世代の奥さんなど、空いた時間に作ってもらうことになった。

幼児以上の子どもでもできる作業だから、孤児院にもお願いしたら喜ばれたそうだよ。

作れば作るだけ、ラドクリフ家で全部買い取るから、現金収入になるよね。

バートンから報告を聞いた僕は、念のため伝えておいた。

「みんなには布でお口を覆うように注意しておいてね。作業後の手洗いうがいと、浄化魔法を忘れないように。それと、お部屋の換気もこまめにしてもらってね」

部屋にこもりきりになるのはよくないよね。

「かしこまりました。村人に伝達いたしましょう」

バートンはしっかりメモを取っていた。

「魔除草を乾燥したものはいくらでも用意できるけど、ほかの虫除草やスライムは大丈夫なの？」

「虫除草は不足するかもしれませんが、スライムはすぐに増えますので大丈夫です」

スライムはゴミを食べさせて、分裂させればすぐに増えるらしい。

意外と異世界はエコなんだね。

ノリの原料になるのはタブクスという木で、葉や樹皮を粉末にして混ぜるらしい。群生林があるので当面の心配はいらないそうだ。

「じゃあ、虫除草の株とタブクスの種をひとつずつちょうだい。僕の植物園で増やして、乾燥させたらいいんだよね？」

「至急ご用意いたしますので、よろしくお願いいたします」

バートンは深々とお辞儀をした。

村人に安定した収入源ができてよかったね！


四月下旬になると、新しい使用人が増えた。

バートンが孤児院と話をつけてくれて、十三歳以上の子どもの中から、希望者を採用することになったんだ。

ちなみにこの世界では、十三歳から準成人として冒険者ギルドに登録ができるので、その年から働き始める子が多いのだという。

卒院までは孤児院からの通いとなる。昼食はこちらで用意し、毎日出勤簿をつけて、給金は卒院の時にまとめて本人に支払われるようにした。

孤児院で衣食住が確保されているから、ほかの子たちとの格差を生まないための処置なんだって。

もちろん本人が仕事に向かないと思ったら、途中で辞めてもらっても構わない。

バートンは悪くない条件で雇用契約をまとめてくれたようだ。

バートンは神だね！

やってきたのは、男女合わせて三人だ。

最年長は十五歳の女の子で、生真面目そうなミリーちゃん。来年の三月に卒院になる子だ。

お次は十四歳のビリー君。無口で体格がすごくいい。

最後は十三歳のノエル君。痩せているけど元気な少年だった。

三人と顔合わせをしたら、すごく緊張していた。僕が領主の子どもだからかな？

今日の護衛のヒューゴが、クマみたいに大きいからかもしれないね！

まずは、ご挨拶。

「初めまして、僕はこの家の三男で、ハク・ラドクリフといいます。畑の管理をしています。よろしくお願いします！」

「よろしくお願いします！」

三人もしっかり挨拶を返してくれた。ちゃんと教育されているんだねぇ～。

「三人には村から屋敷までの、畑のお手伝いをしてもらいます。畑の準備はできているので、今日は種イモの植えつけをします。ケガのないようにがんばりましょう！」

僕の挨拶がよかったのか、ヒューゴは満足そうにうなずいていた。

なんだか、後ろで偉そうにしている重役みたいだね。

それでは作業に取りかかろう！

事前に精霊さんたちが畝作りまで済ませてあるので、穴を掘って種イモを植えていくだけだよ。

初心者にも簡単にできるだろう。

僕は頼んでいないけれど、去年に引き続き村人も何人か手伝いに来てくれて、慣れない三人に植え方の指導をしてくれている。

アットホームな村だね。

三人には孤児院での仕事もあるだろうから、朝は九時半から始まって、夕方は四時半で終了。

お昼休みはきっちり一時間ね。肉体労働だから三時に十五分の休憩も入れたよ。

雨の日と孤児院の行事の日は休日とした。

ラドクリフ家はホワイト企業だからね！

お手伝いに来てくれた村人には、昼食を振る舞い、ジャガイモやライ麦などをお礼に配ることにした。麻袋に入れておくから、適当に持っていってね。

なんなら孤児院でも植えなさいと、苗や堆肥を手押し車に一式持たせて、今日の業務は終了した。

バイバイ～、また明日ね！

今後のことを考えると、麻袋を入れておく小屋があったらいいかもね。


それから一週間後。

村に近い畑の一角に、萌黄《もえぎ》色の屋根がかわいい、メルヘンチックな扉のない小屋が建っていた。

出勤してきた孤児院三人組と、村人たちは驚いていたよ。

草木灰・堆肥・肥料は定番として常備され、植物の苗などが日替わりで陳列されるようになった。

そこには【無料です。ご自由にお持ち帰りください】と書かれた看板が立っていて、みんなを驚嘆させたようだ。

ケケケ。無人販売所を真似したのさ！

スキルの管理人さんにお願いしたんだよね。

「植物園内の工房のような、建物を出せないかな？」

『また無理難題を言ってくれますね？　簡単じゃないんですよ？　わかっているんですか⁉』

ブチブチ文句を言っていたけど、最後には仕方なさそうに作ってくれたんだよ。

製作期間は一週間。魔力をゴッソリ持っていかれたけどさ！

そのあと管理人さんは一週間のストライキに突入し、一切応答してくれなかった。

それはまぁ、どうでもいいや。

村人ならだれでも持っていっていいので、お家の前の花壇や鉢に植えてみてね。

ちなみに雨の日はお休みだよ。

【無人無料配布所】は村人に好評を博しましたとさ！

パチパチパチ。

その後も、順調に野菜の苗を植えていった。

基本は去年と同じにして、植えつける場所だけをスライドさせた感じだよ。

次から次へと新しいものを作るより、まずは定番を定着させたほうがいいと思って。

孤児院三人組には、同じ場所に同じ科目の植物を植えると、連作障害が起きることを教えた。植える野菜の科目や特徴を、しっかり伝授しておいたよ。三人の後ろで村人たちも真剣に聞いていた。

農業の基本になることだから、ほかの人たちにも伝えてほしいな。

もっとも魔法資材で土壌改良されているから、僕の畑では大丈夫だけどね！

えっへん！

「貴族のご子息様はすごいんですね！」

うん？

三人組は目を輝かせて僕を見ていた。

貴族の子はそもそも農作業なんてしないよ？

そんなにキラキラした目で見つめられると困っちゃう。まぁ、説明が面倒なので、そういうことにしておこうかな？

ふと視線を感じて振り返れば、バートンがニコニコとこちらを見ていた。

ごめんね、普通の貴族の子どもじゃなくって。


植えつけ作業が終わったころ、父様が枝豆を増やせないかと言い出した。

どうやら去年の枝豆事件を思い出したらしい。

あの黒歴史だよ！

枝豆は僕の植物園でも、夏を過ぎたら作らなかったからね。季節の野菜は旬に食べるのが醍醐味《だいごみ》だよ！

期待に満ちたパパンの顔を見上げて、僕は眉を下げた。

「今ごろ言われても植える場所がないよ？　去年と同じ量は収穫できるんだよ？」

僕が困ったように首をかしげると、父様は腕組みして神妙にうなずいていた。

「そうだな。しかし、またカイル君が来たらどうする？　去年はお義父上様にも差し上げているし、今年はもっと需要があると思うぞ」

至極真面目にもっともらしく言っているけど、それって建前だよね？

本当はパパンがたくさん食べたいだけじゃないかな？

それにしても、聞き捨てならない言葉を聞いた気がする！

「えーッ、カイル兄様は今年で学園を卒業するんでしょう？　忙しくて来ないんじゃないかなぁ？」

カイル兄を思い出すとムカつくから、来ないでほしい！

父様は真面目な顔で首を振り、しっかりと僕の目を見て言った。

「そうかな？　ハクの果物目当てに、私は来ると思うぞ？」

えぇ……？

う〜ん、そう言われれば、カイル兄は欲に忠実な感じだから、這ってでも来るかもしれないねぇ。

やだ、想像しちゃったよ！　ホラーだね。ブルブル。

まぁ、大豆をあきらめたら二倍の収量だけど……。

なんか釈然としないけど、パパンの喜ぶ顔は見たいし……。

仕方がないね。

ほかに植えつけできそうな場所を考えて、お利巧さんの僕は閃いた！

「父様、お屋敷裏の放牧地の横に、畑を作ってもいいですか？」

「許可しよう！」

パパンは即答した。一秒も考えなかったね。

ふと見れば、後ろでトムや従士たちが大喜びしていた。

枝豆パワー恐るべし。やっぱりチョイ冷えエールとのコンボが効いたのかな？

まぁポジティブに考えれば、耕作地が増やせるってことだよね。

僕は追加で枝豆畑を作ることにしたよ。

農作業がお休みの日の早朝に、非番の従士も動員して、新しい畑作りを開始した。

雑草と石ころをスポポポンと魔法で取り去って、えいやっと草木灰と堆肥を投入する。

肥料も少量入れて、ポコちゃんがフカフカの土に仕上げ、きれいな畝まで作ってくれたよ！

その見事な技に、居合わせた全員からヤンヤヤンヤの大喝采が送られた。

ポコちゃんも胸を張っていたよ。

かわいいねぇ。ほくほく。

さすがにこんなムチャクチャな魔法を、新人さんたちには見せられないよね！

そのあとは家人総出で種まきをした。豆まきではないよ。

従士もパパンも、妙にハイテンションだった。

僕とバートンは、そのようすを引き気味で見ていた。

僕は枝豆畑の隣にあるお馬さんの放牧地に、うるさくしたお詫《わ》びに、こっそりヒール草とマナ草を植えておいたんだ。

お馬さんも薬草を食べて元気になってね。きっと神馬《しんめ》のように走れるようになるよ。

今後も騒がしくするかもしれないけど、よろしくお願いね。

ぺこりさん。

あ、ニンジンも食べますか？　そうですか、そうですか。

だから僕の髪は食べないでね。

そうだ、あとで麦わらも馬小屋のほうにいっぱい出しておくね。スキル倉庫の在庫が圧迫してきたからちょうどいいと思う！

新鮮な麦わらのお布団でお休みするんだよ！


五月上旬には前庭に夏用の一年草をたくさん植えた。

マリーゴールド、ペチュニア、バーベナ、ガザニア、ビンカ、ブルーサルビア。

ナチュラルガーデンにはデルフィニウム、矢車草、ジギタリスも忘れちゃいけないね。

一緒にアガパンサスも植えておいた。非耐寒性だから冬はどうなるかな？　前世でもがんばって越冬させたからなんとかなるよね。

春って一番楽しい季節だよ！

五月も中旬になると、バラのつぼみがどんどん上がってきて、ほころび始める。

早咲きの品種はもう少しで開花するだろう。

ウキウキ気分が止まらないね！

草木の若葉も五月の爽やかな風に、キラキラと光り輝いている。

気温も快適で本当に風が心地よい。

サァッと吹き抜けた風に、僕の長い白銀の髪が踊った。

僕は庭のガゼボに座って、ただうっとりとその新緑の景色を眺めていた。

前世でも、こういう何気ない時間が好きだったんだ。

作業の合間にベンチに腰かけて、ゆったりと若葉の成長を楽しんだものだ。

「本当に好きなんだね？」

対面に座って果実水を飲んでいたリオル兄が、僕をおもしろそうに見ていた。

やだ、キラキラ光が乱反射して、天使が座っているのかと思ったよ。

うそだけど。

リオル兄の眉がピクリと動いた。

やべっ。

「バラがねぇ、植物の中で一番好きなんだよ～」

僕は誤魔化すように、テーブルに置かれた果実水を飲む。

おいしいねぇ、しみるねぇ。く～。

「ふ～ん。どこでバラの知識を得たんだろうね？　不思議だね？」

スッと細められた涼やかな視線が、僕に突き刺さった。

ギクッ。本当に鋭いよね！

核心をついちゃダメよダメダメ。

「スキルがね～、教えてくれるんだよ～」

ボク、ナニモワカラナイヨ？

必殺！　小首をかしげて無邪気なわらべのポーズ。

「まぁ、そういうことにしておいてあげるよ」

リオル兄は肩をすくめて、意味深に笑っていた。

うへぇ……。

「ところで、その足元の茶色い物体は何？」

リオル兄がおもむろに、ガゼボの階段の端に置かれた物体Xを指差した。

そこには茶色い雪だるまのようなものがあって、いびつな長いお耳と丸い尻尾がついている。

「何って、ウサギのオーナメントだよ。グリちゃんポコちゃんと一緒に粘土で作ったの」

僕の言葉に、今度はリオル兄が首をかしげた。

「…………、ウサギ？」

え、その間は何？

お耳も長いし、キュートなお目目がかわいいじゃん！

ちょっとどころか、だいぶゆがんでいるけどさ！

「マーサもかわいいって褒めてくれたし、会心の出来だよ！」

僕とグリちゃんポコちゃんが胸を張って言い切ると、リオル兄は押し黙った。そして何事もなかったかのように静かに果実水を飲んで、手元の本に視線を移していた。

見ざる聞かざる言わざる、する気だね！

なんだよぉ！　ムキーッ!!

ちびっ子ががんばって作ったんだから、うそでも褒めてよね！

そうして五月下旬は僕の誕生日。七歳になったよ！

身長は、ちょっと伸びた！　ちょびっと！

まぁ、まだ焦る必要はない。パパンもレン兄も体格がいいから、僕だっていつかは大きくなれるはず！　根拠はないけどさ。

七歳にもなると、さすがにお昼寝は卒業かな？

僕もいつまでも幼児ではいられないねぇ。ちょっぴり残念な気がした。

このころには気温も上がって、バラが一斉に開花したよ。

さすがは僕の植物魔法で創造したバラさん！

去年の秋に植えたばかりとは思えないほど、見事に咲き誇っているよ！

アーチやオベリスクに設《しつら》えた枝には、数え切れないほどの花がこぼれるように咲いている。

むせかえる花の香りに、酔いそうになるよ。

ああ、すごいな。きれいだなぁ。

一面を覆い尽くす大小色とりどりの花々は、まさに圧巻の一言に尽きる。

僕は近くの大輪花に鼻を近づけて、その甘い匂いを嗅いだ。

はわ～、ビューティフォーでゴージャスな、か・お・り。

ひらりと風に舞うように、クルクルとバレエのように踊って、近くにあったベンチにストンと腰を落ち着けた。

頰に両手を当てて、ほう、とため息をつき、香りの余韻を堪能する。

うっとりさん。最高だよ……。

「ぶはッ！」

声のほうを見たら、リオル兄が両手で口を押さえて笑っていた！

いいじゃん！　気分が乗っているんだからジャマしないでよ!!

リオル兄はこの素晴らしい花を見て感動しないの？　感性がおかしいんじゃない！

ぶち壊しだよ、ムッキー!!

僕がほっぺを膨らませてプリプリしていると、情緒のないリオル兄をマーサがたしなめていた。

「いけませんよ、リオル坊ちゃま。私だって年甲斐《としがい》もなく踊り出したい気分になりますよ。なんて豪華で美しいバラの数々でしょう！」

乙女のように頬を染めて、うっとりと眺めているマーサは、この素晴らしい庭の良さがわかっているね！

「さようでございます。私もこの年までこれほど見事な庭園を見たことはございません。大変美しいものでございますね」

バートンも柔らかな表情で、しみじみと花を愛《め》でていた。

僕はそういう反応を期待していたんだよ！

「まったく、これはすごいね！　私も王城のバラ園を見せていただいたことがあるが、これはそれ以上に素晴らしいものだ！　こんなバラは見たことがないよ」

父様も珍しく感情をあらわにして大興奮だった。

パパンはわかってるん！

そうだよ、そうなんだよ！

バラってすごいんだよ。すごくきれいなんだよ。

この世界には存在しないバラなんだから、そのひとつひとつを見て嗅いで、じっくり味わってよね！

その日、僕の中でリオル兄は美的感覚ゼロと決定した。

当の本人は、肩をすくめるだけだったけどね。


その数日後、我が家に来客があった。

そろそろリオル兄が辺境伯家に出立するための、お迎えが来たようだ。

レン兄のときと同じように、リオル兄も王都の学園に入学するための準備に入る。

事前に知っていたから覚悟はできていたけれど、ひとりになるのはやっぱり寂しい……。

ちょっぴりしょんぼりさん。

屋敷のエントランスの前に、たいそう立派な黒塗りの馬車が停車し、レオン・ラグナード辺境伯様が降り立った。そのあとに辺境伯夫人のセシリア様まで顔をのぞかせたときには、みんながびっくり仰天して慌てていたよ。

てっきりジジ様が来ると思っていたよね！

「ようこそお越しくださいました、ラグナード辺境伯閣下」

父様とバートンが姿勢を正し、最上礼で恭しくお出迎えをしている。珍しく従士の面々も緊張した面持ちで、最敬礼を取っていた。

僕がポカンと口を開けていたら、リオル兄に肘で小突かれたので、慌ててお辞儀をした。

「久しいなレイナード。子らも息災か？」

「お気遣いいただきありがとうございます。みな健やかに過ごしております」

なんだか父様も緊張しているようだ。

レオン様はジジ様とは違った圧があるなぁ。威厳っていうのかな？

ジジ様は僕に甘々だから、あんまり怖くないんだけどねぇ。

レオン様は父様よりも十歳くらい年上で、オレンジがかった金髪の美丈夫だった。

渋いイッケメンだよ。名前もカッコイイね！

レオン様にエスコートされたアッシュブロンドのセシリア様は、三人の子持ちとは思えないくらい若々しくて、すごくゴージャスな美人さんだった。シンプルだけど高級そうな紅紫色のドレスを身にまとっている。

わぁ、本物のお貴族様だね〜。

そんなアホなことを考えていると、不意にセシリア様と目が合っちゃった。

いやん、恥ずかちぃ。

セシリア様はパァッと表情を明るく変えて、僕に向かって駆け寄ってきたよ！

あれ、淑女って走ったりしないものじゃぁ……。

「まぁまぁ、あなたがハクちゃんね！　アリスリアにそっくりだわっ！」

ドトーンと、タックルをかまされた僕。

あれ、いつかもこんなことがあったような……。

「むぎゅっ！」

ぎゅうぎゅうと、抱きしめられたよ！　これって絞められているのかな？

すみません、あの、足が地についていないんですけど？

息がちょっと苦しくて。あぁ、でもお胸がフカフカ……。

なんか、走馬灯が……クルクルと〜〜。

「セシリア！　ハクは私たちの息子とは違うんだ！　力を抜きなさい」

そんなこんなで、意識を失う寸前でレオン様に救出されたよ！

危なかったなぁ、もう！

お宅のお子さんのように、ムキムキ脳筋じゃないから手加減してください！

「あら、まぁ！　ごめんなさいね、ハクちゃん。大丈夫だったかしら？」

レオン様の一喝で、セシリア様は我に返ったようだった。

慌ててレオン様の腕の中にいる、僕をのぞき込んでいる。

わー、メッチャ近い。メッチャ美人。あと、いい匂いがする。

なんかこの猪突《ちょとつ》猛進な感じは、カイル兄を思い出すなぁ。血のつながった親子なんだね。しみじみ、そう思ったよ。

とりあえず、お利巧さんな僕はきちんとご挨拶することにした。

「大丈夫です。初めまして、ラグナード辺境伯夫人」

「あら、嫌だわ！　そんな堅苦しい呼び名じゃいやよ。セシリア伯母様と呼んでちょうだい！」

にっこり眼前でほほ笑む圧がすごいな。

僕がチラッと父様の顔を見れば、笑顔でうなずいていた。目は全然笑っていないね。

これは逆らっちゃダメなヤツだね？

「……はい、セシリア伯母様」

恐る恐るといった、たどたどしさがお気に召したらしい。

「キャーッ！　なんて愛らしいのかしら！　お義父様《とうさま》が溺愛するわけだわ！　お家に連れて帰りたいわ！」

「うぇ？」

なんですと？

僕は慌てて周囲をキョロキョロ見まわした。

僕はこの家の子だから、よその子にはならないよ！　ドナドナされないよね!?

僕がキョドっていると、頭の上からレオン様のため息が聞こえた。

「いい加減にしないか。ハクが困っているだろう？　なぁ？」

はえっと、僕は頭上を見上げた。

そこには困ったように僕を見下ろすレオン様のお顔があった。目尻のしわがジジ様と似ていて、おっとこ前だなぁ！　僕のパパンもイケメンだよ!!

ところで、レオン様？

僕の脇の下を両手で持っているから、足がブランブランしていて落ち着かないなぁ～なんて。

「すみません。そろそろ地面に、下ろしていただけないものでしょうか？」

僕の戸惑いに気づいたレオン様は、片眉を上げてニヤリと笑うと、ひょいと僕を腕に抱っこして歩き出した。僕は慌ててレオン様の首にしがみついたよ！

ジジ様と同じ行動を取るなんて、本当に似たもの親子だね！

「旅の汚れを落として、お寛ぎください」

バートンが客室へ案内するんだけど、なぜか僕も拉致られた。

咄嗟《とっさ》に後ろを振り返ったら、リオル兄が父様の背後に隠れて、生温かい眼差《まなざ》しで笑みを浮かべていた。あとで聞いたら、リオル兄も小さいころに同じ扱いを受けたんだってさ！

君子危うきに近寄らずなの？

もしかして僕は、生贄《いけにえ》にされた……？

えぇ？


そんなわけで、みんなアフタヌーンティーの時間だよ～。

貧乏な我が家の場合は、そのまんま午後のお茶の時間だけどね。

僕はといえば、お着替えを終えたセシリア様にあっさり捕まって、今はお膝の上に座らされている。正確には、セシリア様の侍女さんにずっと捕獲されていたともいう。

キャッキャされて逃げられなかった僕は、髪の毛をつやつやになるまですかれたよ。

おかげでアホ毛が落ち着いて、キューティクルが蘇《よみがえ》った！

そのクシは椿油《つばきあぶら》か何かが塗ってあるのかな？

ほんのり良い香りがしたね。

「いただいたお手紙に、バラ園が見ごろだと書かれていたでしょう？　たまには私だって息抜きに出かけたいじゃない？　お義父様ばかりズルいと思わない？」

セシリア様が僕をお膝に抱っこしたまま、不満たらたらで、そんなことをのたまった。

「そうですね」

「はい、あ～ん」

あいまいに笑って誤魔化した僕の口に、ひと口サイズのクッキーが押し込まれた。

モグモグ、ごっくん。

「果実水も飲む？　あら、お口の周りをきれいにしましょうね～」

なんか赤ちゃん扱いされているんですけどっ！

見た目は幼児ですが、中身は……幼児でした。すみません。

長いものには巻かれておくことにします！

反対側のソファに座って、そんな僕たちのようすを楽しそうに見つめるレオン様は、今はラフな格好をしているけど、高貴な感じが滲《にじ》み出《で》ているね。

僕のパパンもカッコいいけど、レオン様は渋さが加わっている感じ。パパンも十年もすれば貫禄《かんろく》がつくんだろうね～。

レオン様は母様の兄上様だから、僕たち兄弟の伯父に当たる方だよ。

セシリア様と母様は姉妹のように仲が良かったそうだ。母様が若くして亡くなって、すごく悲しまれたんだって。みんなが母様を、それは大事に思っていたんだね。

その溺愛のベクトルが母様似の僕に向かうのは、仕方がないことなのかな？

でも猫かわいがりは、ちょっと困るよね。

グイグイ口元をナフキンで拭かれたよ。

……手加減ぷりーず。

結局その日は、夫婦の寝室にも拉致られて、川の字で眠る羽目になった！

リオル兄、助けて！

心の中で叫んでみても、だれも助けにこなかったよ、くすん。

無情にも精霊さんたちも、近づいてこなかった。

孤立無援の僕は、セシリア様に抱っこされたまま眠ることになっちゃった。


その翌日はバラの観賞会をおこなった。

僕と手をつないだセシリア様は、落ち着いたモーブピンクのドレスで、少女のようにはしゃいでいた。

「なんて美しいのかしら！　私、紫のバラなんて初めて見たわ！　それにこの真っ赤な花弁も見事だわ！　まぁ、黄色いお花もブーケのようね!!」

ハイテンションだねぇ。うっとりと花を眺めて香りを嗅いでいる。

わかるよ、その気持ち！　僕も毎日見ていても飽きないもん！

ちなみに紫のバラは青バラというんだよ。

前世の世界では、実際に青いバラも売っていたけど、あれは白いお花に青い色素の水を吸わせただけだよ。青バラさんはとても気難しいバラが多くて、病気との戦いだったなぁ……。

創造魔法でズルして作ったから、今世は病気知らずだけどね！

うふふ。

白とピンクを筆頭に、さまざまな赤や紫、黄色、オレンジ、ニュアンスカラーのバラもある。咲き進むごとに色変わりするものもあって、本当に飽きないよね。

アーチの下をくぐり抜け、ガゼボへ向かう小道では、天から降ってくるように咲き乱れるさまが圧巻の一言に尽きる。

レオン様もセシリア様も、しばし見惚《みと》れ、立ち止まって観賞されていた。

「息を飲む美しさとは、まさにこのことだな」

レオン様は満足そうに目を細め、穏やかにつぶやかれた。

セシリア様はしばらく無言でバラに見入っていたよ。

そうしてガゼボに落ち着くと、用意された紅茶で一息つく。格上のお客様には、ちゃんと紅茶が振る舞われるんだよ。

今日はちょっとアレンジを加えて、ジェフにラドベリーを使ったフルーツティーを用意してもらったんだ。

男性には普通に無糖のものにしたよ。だって甘いのは苦手でしょ？

ちなみに僕は甘々ラドベリーミルクにしてもらった。

うん、おいしいねぇ。

「あら、おいしいわ！　これはラドベリーね！　果実もとってもおいしかったわ！」

セシリア様のテンションが爆上がりだね！

「ありますよ。ご用意しますか？」

僕が言うよりも早く、控えていたバートンが音もなくテーブルに給仕する。

抜かりがないね。

ラドベリーは果実が大きいから、きれいにカットされていた。ほかにも何種類かのフルーツが盛りつけられている。さすがに高貴な方には丸ごとは出せないよね。

僕らだけならかじりつくんだけど。

レオン様もセシリア様も、喜んで召し上がられたよ。

楽しいひとときになったね。

セシリア様は翌日も、僕とゆっくり散策を楽しまれた。

レオン様は父様と、書斎でお仕事のお話をされていたようだよ。

その翌日にはリオル兄を伴って、ラグナードへお帰りになられる。

リオル兄とはこれから一年間会えなくなると思うと、やっぱり僕は泣いてしまったんだ。

大粒の涙をボロボロとこぼす僕を見て、リオル兄はどこか困ったような顔をして、優しくほほ笑んでいた。

僕がリオル兄に抱きついて泣いている横で、なぜかセシリア様も「帰りたくない！」と駄々をこねて泣いていた。

なんかカオスになった気がする……。

それでも僕の涙は止まらない。

「ハクは甘えん坊だね。お手紙ちょうだいね。今度はちゃんと自分で書くんだよ？」

リオル兄は僕の顔をのぞき込んで、優しく髪をなでてくれた。

「がんばって書くからお返事ください」

リオル兄は輝くような笑顔で旅立っていった。

美少年はどんなときも輝くものなんだね。

後日、一生懸命書いた手紙が、添削つきで戻ってきた。

なんでだ！

植物魔法で気ままにガーデニング・ライフ

第九章 天敵と商人さんがやってきた

Chapter.9

Enjoy a carefree gardening life with plant magic.

リオル兄との別れのあと、家の中がちょっぴり静かになった。

三人いた子どもが、ひとりだけになっちゃったから寂しいねぇ。

精霊さんたちとヒッツキ虫になっている今日このごろ。

ミケーレ君が気を使ってたまに遊んでくれるけど、彼は勉強や剣術の稽古などで忙しいから、僕のほうが遠慮しちゃうんだよね。父親のビクターのもとで執事としての指導も受けているみたい。

ひらひらチョウチョのように、庭で遊び惚《ほう》けている僕とは大違いだよね。

あれ？　普通の貴族の子どもも、本当は習い事や勉強で忙しいんじゃ……。

いやいや、きっと気のせいだよね。

ちびっ子は遊ぶのが仕事だよ！

僕は自分に言い聞かせて納得した。

あれからたまに、セシリア様からお手紙が届くようになったんだよね。なぜかきれいなレターセットも送られてきた。それも毎回新しいのが届くんだよ……。

これで返事を書けという、強い圧を感じる。

むむむ。

そんなわけで、僕は毎回バートンに添削してもらいながら、お返事を書いている。

「ええ、子どもらしくて、大変よろしいかと」

どうやら合格をもらえたようだ。

ふう、やれやれ。お手紙を書くのも楽じゃないねぇ。

大貴族の奥様に書くようなネタなんて、子どもの僕にあるわけがない。

高級なレターセットがたまっていく一方だから、少しずつお手紙の間隔を延ばすとか、姑息《こそく》な工作が必要かもしれない。

「じゃぁ、届けておいてくれる？」

「承知いたしました。先日ご注文いただきました、ラドベリーをお届けいたしますので、一緒にお送りいたします」

バートンはスッと礼をして出ていった。

バートンも徐々に、ビクターに仕事の引き継ぎをしているらしく、ちょくちょく僕の側にいることが多くなってきた。

僕の勉強を見つつ、商売絡みの仕事に重点を置き出したみたい。

もともとバートンは先代男爵の執事で、ビクターが父様につくことは決まっていたみたい。順当に行くと、ミケーレ君はレン兄の執事になる予定だよ。

がんばれ、ミケーレ君！

そうそう、去年に引き続き、ラドベリーの販売は好調だよ！

去年お買い上げくださった貴族家を始め、馴染みの商会にも少数だけど流しているんだ。

村でも去年の子ヅルから株を増やして、生産を始めたらしい。

村で作ったラドベリーの食味は良いけれど、形が不揃《ふぞろ》いだったりするから、ちょっとランクを落として商会へ卸すことにしたんだって。

それだって経験を重ねれば、品質も生産数も上がっていくだろう。立派な村の産業に成長してくれれば、僕もうれしいよ。

僕が作ったものは貴族家へ販売することで、住み分けもできているようだ。

孤児院から来ているミリーちゃんは、マーサに連れられて村の婦人会に顔を出すようになった。

販売も仕事の一環だから、いろいろやってみて、適性のある仕事が見つかればいいね。

彼女の将来のことも考えて、村のおば様たちに顔つなぎすることは、マーサの発案だったんだ。

僕じゃ気がつかなかったよ。

その流れで、ビリー君やノエル君にも、簡単な仕事を割り振っている。

ビリー君は大柄なわりに気が優しい子で、バラ園や果樹に興味を持っていて、よく僕のお手伝いをしてくれるんだ。ノエル君は小柄で、そそっかしいところがあるけれど、どうやらお馬さんのお世話が好きなようで、トムと一緒に馬小屋の掃除をしている。

できることをひとつでも多く増やして、何より楽しんで仕事をするのが一番大事だよ。

がんばれ！

六月も中旬になると、今度はレン兄が帰ってきた！

それにしても、なんだか今年は帰ってくるのが早くない？

去年は六月下旬だったような？

帰ってくるなり挨拶もそこそこに、僕をキュッと抱きしめてくれたんだけど、今年は絞め落とされなかったよ。レン兄も成長したんだね！

「お帰りなさい、レン兄様！」

僕もハグを返すと、レン兄はうれしそうに笑った。

「今年は騎馬で野営しながら駆けてきたんだよ。馬車旅に比べれば時間が短縮できるからね！　野営もいい訓練になったよ」

爽やかなイケメンスマイルのレン兄は、すっかりたくましくなっていた。

さすがは大柄な人間が多い世界だね。十四歳にして、すでに青年と呼べる体格をしているよ。

僕と並ぶと親子に見えやしないかと、ちょっぴりドキドキしちゃった。

決してレン兄が老けているわけではないよ？　むしろ僕がちびっ子過ぎる……。

自分で言っていて、悲しくなってきちゃったよ……。

せっかく兄弟の再会を喜び合っていたのに、遠慮もなくヤツはやってきた！

「おー、ちびっ子！　親父《おやじ》と母上と一緒に寝たんだってな？　母上がすんげーハイテンションで騒いでいたぜ？　今はリオルを構い倒していたけどな！」

わっはっは！　とカイル兄が僕の頭をポフポフしながら笑っていた。

僕のテンションはカイル兄とは逆に急降下したよ。

ちょっと！　やめてよ！　マーサにとかしてもらった髪が乱れるじゃん!?

そもそも、なんでカイル兄が来るんだよっ！

僕はむっつり頰を膨らませて、ペシッとカイル兄の手をたたき落とした。

「なんだ？　お、やるか〜？」

ニヤニヤ笑って僕のほっぺを突《つつ》いてくる。

本当にこりない男だなぁ！

僕を舐《な》めきったカイル兄のお腹に、会心の頭突きを食らわせてやった！

「ていっ！」

それと同時に、背後に忍び寄っていたグリちゃんポコちゃんの飛び蹴りが、カイル兄の膝裏に炸裂した！

必殺！　ステルス膝カックン！

カイル兄は「ギャッ！」と悲鳴を上げてその場にくずおれた。

僕とグリちゃんポコちゃんは、輪になって勝利のダンスを踊ったさ！

悪は滅びるのだ！

レン兄は相変わらずニコニコほほ笑ましそうに見ていたね。

あれ、レン兄には精霊さんたちが見えているのかな？

いつからだろう？

まぁ、レン兄は正直者でピュアだから、不思議じゃないよね！

逆にカイル兄は、精霊さんたちに完全に『僕の敵』と認定されたようだ。以降カイル兄はちょくちょく怪奇現象に見舞われるようになった。

僕の精霊さんは五人いるんだもん。見えない敵に怯《おび》えて暮らすがいい。

フフフ……。

は！　いけない。黒いものが心をよぎったよ!!

管理人さんかな？

そのカイル兄は、父様と挨拶を終えたジジ様の鉄拳を食らっていた。

「ハクを虐《いじ》めるでない！　このたわけが！」

カイル兄は一発で意識を刈り取られ、自分の護衛騎士に運ばれていったよ。

ざまぁ見ろ！

僕はジジ様に目いっぱい甘えておいたよ！


レン兄とカイル兄が帰ってきてから、数日後のある日。

僕はなぜか外へ連行された。

「そろそろ鍛錬を始めるぞ！」

いきなりカイル兄に言われて、訳もわからず困惑した僕。

「早朝は畑仕事で忙しいから無理だよ。夏は日中に運動しちゃダメなの」

はっきりと断ったのに、夕方になってから屋敷の外に連れ出されたんだよ！

「そんなんじゃ、いつまで経《た》っても軟弱なままだぞ！　俺が鍛えてやるから、屋敷の周りを走ってみろ!!」

七歳児に無茶なことを言うよね〜。

そもそも僕がまともに走れると思っているの？

ジタバタと必死の抵抗を試みるも、カイル兄の小脇に抱えられて、門前まで来てしまったよ！

「最初はゆっくりでもいいから走れ！　全員で走るぞ！」

レン兄とカイル兄と護衛騎士さんと、慌てて飛び出してきた従士のヒューゴとで、強制的に屋敷の外周を走ることになってしまった。

護衛騎士さんが申し訳なさそうにしていたけど、そう思うならパワハラ主人をなんとかしてほしいよね！　僕みたいな小さな子を守るのがお仕事じゃないの？

プリプリプリ。

僕はイヤイヤながらも、テッテッテ〜と走り出す。

ちまちま走る僕は案の定、三十メーテくらいで見事に足がもつれてスッ転んだ。

そのとき、僕は間違いなく空を飛んだ。

背後でレン兄とヒューゴの、悲鳴を聞いた気がした。

一瞬の滞空時間のあと、それはそれは豪快にベチャリと転んだよ！

そして思いっきり、顔と手の平と、膝小僧を擦りむいてしまったんだ。

「うわあぁぁ～ん!!」

僕はこの世の終わりのように、ありったけの声を上げてギャン泣きした。

屋敷周辺に響き渡る僕の泣き声。

その声を聞きつけた父様とジジ様が、血相を変えて屋敷から飛び出してきた。

父様は僕をサッと拾い上げると、風のように屋敷に舞い戻っていった。レン兄も慌てて父様のあとを追ってくる。

それは、一瞬の出来事だった。

残されたカイル兄の顔に、ジジ様の拳がめり込んで、カイル兄もお空を飛んだってさ。

あとでヒューゴがしょっぱい顔で教えてくれたんだよね。

そのころ僕は泣きながら、父様のお膝の上でマーサに手当てをしてもらっていた。

「あらあら、まぁまぁ、大変！」

マーサは大慌てで僕の傷を消毒して、癒やしの魔法をかけてくれたんだ。優しい温かな魔法を受けて、しばらくすると傷はきれいになくなった。

マーサは少しだけ癒やしの魔法が使えるんだよ。

すごいんだよ！

「ありがとう、マーサ」

僕はグズグズ泣きながらお礼を言った。

こうして僕の過酷な鍛錬は、一日で終わりを告げたのだった。

部屋に戻った僕に、精霊さんたちがしょんぼりと謝ってくれた。

助けられなくてごめん。ケガを防げなくてごめん。

そういう気持ちが、ひしひしと伝わってきて、僕たちは肩を寄せて慰め合った。

悪いのはカイル兄だから、精霊さんたちは悪くないの。気にしなくていいんだよ？

カイル兄が諸悪の根源なの！

僕の精霊さんたちを悲しませたヤツめ、どうしてくれよう！


僕が部屋に戻されたあとも、お小言は続いていたらしい。

当然のごとくカイル兄は、きつく、きつく、きつくッ、叱られた。

カイル兄を止められなかった、レン兄とヒューゴと護衛騎士も正座をさせられ、連座で叱られた。

父様とジジ様の超カミナリが局地的に発生したまま、なかなか収まらなかったという。

ふて腐れたカイル兄は、よせばいいのに「甘やかし過ぎだっつーの！」と叫んで、ジジ様の強烈なゲンコツを食らい、悶絶《もんぜつ》してうずくまっていたそうだ。

「幼子を虐めておいて反省の色なしとは！　根性をたたき直してやるわ!!」

ジジ様の一喝で、カイル兄と護衛騎士は、強制的に魔物狩りに参加させられることになった。

なぜかレン兄とヒューゴも、連座で同行することになってしまったみたい。

父様は目を三角にしたまま、何も言わなかったそうだよ。


決行は翌日の朝。

準備をする間もないね！

今回はどうやら、危険な森の奥地まで行くらしいよ。ジジ様がメッチャ張り切っていたもん。

自分が行きたいだけじゃないかな？　とは、だれも口に出したりはしない。

なぜなら、みんな空気が読めるから！

そして、このチャンスを見逃す僕ではなかった。

テッテッテ〜と、ジジ様に駆け寄って叫んだ。

「ジジ様！　僕、月光草とクレール草が欲しいです！　このポットに土ごと採取してきてください！　クレール草はお水と一緒に、このバケツにお願いします！」

スチャッと、マジックバッグから道具を取り出してジジ様に手渡した。

ジジ様の目がキラリと怪しく光る。

ジジ様、僕は空気を読んだよ！

月光草とクレール草の採取は、すごく難しいって知っているよ。でもきっと、ジジ様は生育場所を知っていると思うんだ。

僕がその薬草を欲する意味と、その有用性にも気づいているよね。

それはカイル兄の試練にもなって、僕が得をする。ひいては、ジジ様も得をするかもしれない。

一石二鳥！　一挙両得！

「相わかった！　待っておれよ、ハク！　このジジが必ずや持ち帰るぞ！」

「ジジ様大好き！　僕いい子にして待っているよ！　気をつけていってらっしゃい」

ギュウとしがみついたら、ジジ様は大喜びしてくれた。

ジジ様越しに見たカイル兄は、僕を憎たらし気に睨んでいたね。護衛騎士さんたちは蒼ざめて、ガックリと項垂れていたよ。

レン兄とヒューゴは黙って無心になっていた。がんばってきてね～。

はっはっは！

カイル兄、行ってら！

心を入れ替えてきてね。

いや、僕の平和のためには、もう戻ってこなくてもいいと思う！

そのまま森を突っ切ってお家に帰りなよ。

うん、それがいいと思う！


静かになった屋敷の中で、僕は今勉強をしている。

貴族の子は、遊んでばかりはいられないんだよ？

なんて、本当はのほほんと庭に出ようとしたら、バートンに捕まってしまっただけ。首根っこをつかまれて、談話室に連行されて今に至る。

今日は僕が住む国の勉強だって。

僕が住んでいるこの国は、『バルジーク王国』といって、東側が海に面していて、南には危険な魔境があって、西はお山を挟んで隣国があるそうだ。

僕が住む北部はご存じのとおり、山脈と大森林に囲まれている辺境の地だ。

バートンのお話では、ラドクリフ領からラグナード辺境伯領を抜けて、ずっとずっと東に行くと、海があるんだって。ラグナードは人口が多いから、お塩はそっちから仕入れるそうだよ。

ラグナードから南下して、馬車で三週間くらい行くと王都がある。だいたい王都は国の真ん中から海寄りの場所なんだって。

ザックリとしているよね。

この世界っていうか、こういう時代だと、戦略的な意味で精密な地図は手に入らないんだよ。そもそも測量技術も、どうなんだろうねって話だしね。

多分僕はどこにも行くことはないと思うから、このくらいの知識でいいと思うの。

満足に走れない子が、馬車で三週間とか、確実に死ねるよ。

マジで死ぬよ？　いいの？

ダメだよね。

ちなみにこの国の貴族は、上から王族・公爵（王族の親戚さん）・侯爵・辺境伯・伯爵・子爵・男爵・勲爵士になるそうだ。辺境伯は国境の防衛のために、私設の騎士団を保有できて、大きな武力を持つことから、侯爵と同列とされるんだって。

勲爵士は、武勲を立てた騎士に与えられる準貴族位で、一代限りの称号なんだそうだ。

まぁ、あんまりほかの貴族とは関わりたくはないよね。

そういうのは、レン兄とリオル兄にお任せだよ。


そういえば僕って、教会とか神殿とかに行ったことがないなぁ。異世界ものといえば、つきものだよね？

そんなときは教えてバートン先生！

「ねぇバートン。僕って神殿とか教会に行ったことがないよねぇ？　孤児院ってどこで運営しているの？」

「神殿でございます。ハク坊ちゃまは三歳のときに、神殿を訪問しておりますよ」

まったく記憶がないよ？

バートンが言うことには、この世界では三歳から五歳のあいだに神殿に赴き、神様に「生まれましたよ～。生きてますよ～」と、報告をするんだって。

乳幼児の死亡率が高いから、そのくらいの年齢までは『神の子』とされ、神殿に詣でて初めて『人』になるのだそうだ。

神殿で神官様に祝福をいただいて、帰ってくるんだって。

千歳飴《ちとせあめ》はもらえないいんだよね？

「この世界は創生神が世界を創生し、創造神が生命を創造したといわれ、この二柱は別格とされております。ほかに、英知の神・豊穣《ほうじょう》の神・審判の神・魔術の神・武闘の神、この五柱が信仰の対象とされております」

神様は全部で七人ってことだよね。

バートンはうなずいた。

神殿ではすべての神を等しく信仰している。

貴族は表向き、あまり神殿と仲良くしないのだそうだ。適度な距離を保って、お互いに干渉し合わないという、暗黙のルールみたいなものがあるんだって。

それでも信仰心の厚い貴族もいるらしいよ。

うちは単に貧乏過ぎて、神様にすがっている場合ではなかったみたいだけど。

どうりで、僕が知らないはずだよ。

だって、お食事のときにお祈りしないんだもん。「いただきます&ごちそうさま」は、心の中で唱えているけどね。

「ルーク村にも小さな神殿がございまして、そこに孤児院が併設されておりますよ」

ラドクリフ家としては毎年決まった額を寄進して、孤児院には寄付をしているそうだ。

なるほど。今日の僕は少しだけお利巧さんになった気がするよ！

えっへん！

七月は例によって、夏野菜の収穫に追われている。

早朝からグリちゃんポコちゃんたちと一緒に、瑞々しい野菜をせっせと収穫してカゴに入れていく。何しろ僕の野菜は成長が早いからね！

早植えのキュウリやミニトマトは、意外と早く実るしね。葉物野菜もシャキシャキでチョーおいしいんだから。

前庭では四季咲きのバラがポツポツ咲いているんだけれど、夏のバラはお花が小さくて、暑さで早く傷んでしまうんだ。夏は病害虫との戦いなんだよ。

バラ以外にも、色とりどりの夏花が咲いている。

きれいだねぇ。やっぱり、夏の早起きはいいよね！

風も爽快で日差しがまぶしいよ！　日中は家から一歩も出ないけどさ。


そろそろ桃のシーズンで、贈答用の箱が木工工房から納品されていた。

バートンは挨拶状の用意と配送の計画を立て、マーサも張り切って準備をしている。

去年庭に植えた白桃の木はまだまだなので、当分は僕の植物園産をお届けすることになる。

桃栗《くり》三年柿八年だよ。

セシリア様には、一緒に花束も贈らなくっちゃ。

カイル兄が迷惑をかけたお詫びといって、キラッキラなブラウスと半ズボンと、かわいい靴が届いたんだよね。これってお出かけ服だよね？

僕は庭と家の周りしか出歩かないよ？　これを着て畑に行ったら、相当痛い子だよねぇ。

子どもの成長は早いから、なんだかもったいないよ。

「坊ちゃまは二〜三年は大丈夫ですよ」と、マーサが太鼓判を押してくれた。

え〜ぇ？

袖を通してみたらちょっと大きかったよ。これなら数年は着られそうだね？

僕の身長が伸びるのかどうか、ちょっと心配になってきた。

家人に見せに行ったら、みんなかわいいってほめてくれたよ！

その日はご機嫌で屋敷内をうろうろしていたんだ。

うふふ。


そんなある日、我が家に商人がやってきた。

僕はこっそりドアの隙間から中を窺った。マーサには行儀が悪いと叱られたけど、かくいうマーサも気になって仕方がないようだ。

これでいいのか、男爵家!?

応接室の中では、父様とビクターが応対している。

「お初にお目にかかります、領主様。私はこのたびハルド商会のルーク支店を任されることになった、ベンジャミンと申します。以後お見知りおきを」

柔和な丸顔のぽっちゃりしたおじさんだ。髪の毛がクルクルしている。

ベンジャミンさんはこの春に、前任の支店長さんから業務を引き継いだそうだ。過去の取引内容を確認し、去年から売っていた野菜や果物の、正式な販売契約を結びたいということだった。

とはいえ生産量はまだまだ少ないし、今までのものは僕がほぼひとりで作っていたものだし、何よりも引きこもりとしては、大っぴらにしたくないよねぇ？

父様もその辺は危惧していたよね。

「ベンジャミン殿、販売の手助けをしていただき感謝している。こちらとしても願ってもない話だが、あれらはまだ始めたばかりで、たいした生産量ではない。いずれは我が領の特産にできればと考えているが、今はまだ試作段階なのだ」

「私もルーク村におりますので、委細承知しております」

父様の説明に、ベンジャミンさんは大きくうなずいた。

委細って事細かくってことだよね？　やだ、何を知っているっていうの？

ドキドキ。

「去年の春から領主様が、屋敷の前の草原を畑に変えられ、それは見事な野菜を生産なさっていることは、村でもうわさになっております。さらに世にも希少な魔除草の栽培に成功され、それを村や街道沿いに植えてくださったことで、我々商人も村人も、安全に往来できるようになりました。加えて、昨年の初夏に売り出されたラドベリーなる宝石のごとき果実や、見たこともない模様の入った美味なるメロンに、甘く瑞々しいスイカ。販売をお手伝いさせていただきました、野菜の鮮度と食味の良さといったら！　このような食物があったのかと、私は感動に打ち震えたものでございます！　そのうえ、その希少な植物の苗を村人に無償で提供されるなど、なんと徳の高いおこないであらせられましょう！」

うは！

一気にしゃべったよこの人。身振り手振りも交えて、感情表現豊かな人だね。

さすが商人というべきなのかな？

あのようすだといろいろバレているねぇ……。

父様はどうするんだろうと聞き耳を立てていたら、話し合いの末、現在生産できる余剰分を、ハルド商会へ専売することで無難にまとまった。まだ生産量が少なく、大きな注文には対応できないため、ラドクリフ領近辺でのみ販売することを了承してもらったよ。

この二点が契約の主軸となる。

魔除草の話も出たけれど、栽培場所を選ぶ特性とその希少性から、取引は加工品の『魔除玉・魔除粉』に限定して融通することで話はついた。

今後は生産数に応じて、契約を見直していくということで、うまく商談がまとまったね！

ベンジャミンさんは、満足したようすで帰っていった。

最初から高望みはしていなかったみたい。専売契約が結べただけでも御の字かな？

そんなわけで、八月からメロンとスイカの販売は、一部を除き、ハルド商会に任せることになった。もちろん、地元の木工工房を使って、村人を雇ってもらうようにお願いしたよ。

村の婦人会には、新たなお仕事を斡旋《あっせん》しなくちゃね。

マーサとバートンと白桃のギフトを作製してから、今後の活動について話し合ってみた。

今日はなんか真面目な僕。

キリッ！

「親戚向けの高級メロンの販売は、今までどおりこっちでやるにしても、数はだいぶ減っちゃうから、村の婦人会のお仕事も考えないといけないよね？」

今後はラグナード家からの注文だけになるだろう。

それでも数はそこそこあると思うけど。

「さようでございますね。何名かは経験者として、ハルド商会で雇用していただけるとは思いますが、全員というわけにはまいりませんね」

バートンもマーサも悩ましげに眉を寄せていた。

去年から立ち上げた仕事が、一年そこそこでなくなってしまうのは申し訳ないからね。

「思うんだけど、果物を果物のまま売るとそのままでしょ？　それを何かに加工することでお仕事が増えると思うんだよね」

一次産業だけじゃ先細りだし、二次産業、三次産業を村で興さないと、将来性がないと思うんだ。

うんうん、僕って賢いよね。

「何かお考えがおありですか？　坊ちゃま」

婦人会に知り合いが多いマーサは、特にかかるようだね。

「そこで考えたんだけど、ジャム作りはどうかな？　ラドベリーの形の悪いものとかで作るの」

この世界だと果物自体の甘みが少ないから、砂糖や蜂蜜が多めに必要だろうけど、ラドベリーなら砂糖なしでも作れると思うんだ。

ジャムってイチゴとレモンでできるよね？

レモンが手に入らなければ、レモン汁だけでできるよね？

レモンが手に入らなければ、ほかに代用品があるかもしれないし、その辺は料理人のジェフに聞いたらわかるだろう。

「ですが砂糖を使わないジャムは日持ちがしませんよ？」

マーサの言い分はもっともだよ。砂糖や蜂蜜は防腐剤の役目も果たすんだよね。

僕は腕を組んで考えた。

「う〜ん、確かにそうなんだけど、できた商品やビンに浄化魔法をかけたらどうだろう？　浄化魔法は生活魔法だから使える人も多いでしょう？」

なんで便利な魔法があるのに使わないのかな？

「なるほど。製造段階から浄化魔法を使い、マジックバッグで商品を保管できれば、傷むのを防ぐことができますね」

バートンが納得したようすで相槌《あいづち》を打った。

僕はしたり顔で大きくうなずいてみせる。

「うん。早く食べ切ってもらうために、あえて小さいビンにしたらいいんだよ。多少お値段が張っても、お金持ち向けの限定販売にすればいい。保存用のマジックバッグがなくても、使用人に浄化魔法が使える人がいたら、開閉のたびに浄化魔法をかけるってこともできるんじゃないかな？」

人間防腐剤だね！

「ラドベリーのジャムなら、貴族様にお売りできますね」

マーサも表情を明るくし、だんだん乗り気になってきたみたい。

「ラドベリーだけじゃなく、ほかの果実や野菜でも作れると思うよ。そろそろお庭のブルーベリーも収穫時期だし、ジェフに試作品を作ってもらえばいいよ」

試作品は僕らで食べればいいから、無駄がないよね。

早速バートンが父様にこのお話をしてみたら、「ルーク村の産業になるのならば」と言って、快諾してくれたそうだ。

まずは村の農家や婦人会と話し合うのが先決だけどね。

本格的な活動は、来年からになるだろう。

そのための畑作りも計画しなくっちゃね。

魔除玉とジャム作りが軌道に乗れば、立派な産業になるよ。

村人が自分たちで特産品を生み出していかなければ意味がない。

僕らはその手助けをするだけで、あとはしっかり納税していただくのだ。

うむうむ。僕の計画は完璧だね！

植物魔法で気ままにガーデニング・ライフ

第十章 月光草とクレール草

Chapter.10

Enjoy a carefree gardening life with plant magic.

すっかり忘れていたけれど、七月下旬にジジ様たちが魔物狩りから帰ってきたよ！

もう少し帰りが遅いと、九月の新学期に間に合わないんじゃないかと、父様たちはヤキモキしていたみたい。無事に帰ってきてホッとしていた。

ジジ様は相変わらず元気ハツラツだったけど、ほかの面々は魂が抜けたように燃え尽きていた。

レン兄とカイル兄は辿《たど》り着《つ》くなり、玄関でくずおれた！

従士のヒューゴは鍛えてあるだけに、玄関で倒れはしなかったけど、げっそりして目の下に青グマさんを作っていたね。

どれだけがんばったかは知らないけれど、あるだけ持っていったマジックバッグの中は、魔物の素材でパンパンだったそうだ。

「当分肉の心配はいらないぞ！」

そう言ってジジ様は豪快に笑っていたよ。

おお！　今日の晩ご飯はお肉がたくさん出るかも！

僕はジジ様に浄化魔法をかけてから、思いっきり抱きついちゃった！

「ジジ様お帰りなさい！　（お肉を）ありがとうございます！」

「おお！　元気そうだな、ハク！　今日はお腹いっぱい食べるんだぞ！」

ジジ様はご機嫌なようすで僕を腕に抱っこしたんだけど、僕の心の声がダダ漏れだったみたい。父様は苦笑していたね。

てへ。

予告どおり、その日の晩ご飯は厚切りのステーキが供されて、僕はがんばって食べたよ。

レン兄とカイル兄は僕の三倍のお肉を、「久しぶりにまともな料理が食べられる！」と、泣きむせびながらモリモリと食べていた……。その姿がちょっとだけ不憫《ふびん》に思えた。

ごめんね、レン兄。


そのあとは談話室で、いろいろなお話を聞いた。

レン兄はしっかり解体を覚えさせられたそうだ。

「最初はなかなか上手にできなくて、ヒューゴに手間をかけさせてしまったんだけれど、後半は中型の魔物ならひとりで解体できるようになったよ」

すごいねぇ、僕なら卒倒するよ。その前に食べられちゃうかな？

逃げ足も遅いから、頭からパックン、バリバリ……。

考えるだけで悲しくなってきたよ。くすん。

「月光草の採取では崖から転落しそうになってね！　クレール草はなかなか上手に採取できなくて、希少な薬草を何個かダメにしてしまったよ。それにしてもあそこまで行くのは骨が折れるね」

ニコニコ笑ってお話しする内容ではない気がするけど、レン兄は「得難い経験ができた」と、満足そうだった。

……まぁ、がんばったんだね、レン兄。お疲れさまでした。

僕はテーブルの上に置かれたラドベリーと白桃のお皿を、そっとレン兄の前に差し出した。

「お腹いっぱいなので、僕の分もどうぞ、おいしいですよ」

はい、たんと召し上がれ。

「いいのかい？　ありがとうハク」

レン兄はイケメンスマイルで僕の頭をなでなでして、僕とほのぼのと笑い合っていたよ。

仲良しさんだもんね〜。

ジジ様は僕のお願いどおり、月光草とクレール草を採取してきてくれたんだ。

「ありがとうございます、ジジ様！」

僕はジジ様に愛嬌を振りまき、メッチャ甘えた。ジジ様は終始ご機嫌だったよ！

このふたつの薬草は生育場所が特殊だから、村での栽培は無理だけれど、僕の植物園ならたくさん増やせるよね！　いつ何が起こるかわからないから、増産しておきたい。

うん？　カイル兄？

眼中に入らないから、どうでもいいよね！

レン兄が王都へ帰る前に、総出で枝豆の収穫がおこなわれた。

屋敷前の畑は、精霊さんたちのミラクルパワーで成長が早いね！

今回はもいでいる時間がないから、株ごと全部引っこ抜いて、そのままマジックバッグに突っ込んでいきなよ！

ゆでる直前に実をもいだらいい。ちゃんとお湯にお塩も入れるんだよ〜。

いろいろと時間が押していたので、レン兄のマジックバッグにフルーツ特盛セットを、どんどん放り込んでいく。すでに作業と化しているね！

そんな僕の横に、スッとマジックバッグが差し出された。

ん？　なんでカイル兄もマジックバッグを出しているのさ？

君は幼気《いたいけ》な僕に、無体なことをした自覚はないわけ？

「罰は受けた！」

偉そうに胸を張って言うんですけど？

「それは父様とジジ様が与えた罰だよね？　僕の罰は受けていないよね？」

シッシッ！　あっちへお行き！　ツ〜ンだ！

僕がそっぽを向いてカイル兄を無視したら、そのようすを哀れんだレン兄が、果物を少しだけ分けてあげていた。

レン兄は優しいねぇ。王都で悪い人に騙《だま》されちゃダメだよ？

カイル兄は悪びれもせず、ケロッとしてヘラヘラと笑っていた。

むむ！

反省が見られないので、精霊さんたちによるステルス攻撃が加えられたのは言うまでもない。

カイル兄はちゃんとした大人になれるのかな？

ちょっぴり心配になっちゃったよ。


レン兄たちは、二日後に慌ただしく王都へ出立していった。

父様も一緒に税の報告に行くといって、同行していったよ。

かなり出発が遅れたので、ラグナードからすでに出発しているリオル兄と、途中で合流するらしい。これから一年がんばってね、レン兄、リオル兄！

パパンは早く帰ってきてね！

ちなみにカイル兄は九月から騎士学校に上がるので、もう長期休暇はないらしい。

バイバイ、カイル兄。もう来ないでね！

「バートン、お清め塩をまいておいて！」

「お塩は貴重品ですから、粗末に扱ってはいけません！」

逆にバートンに叱られちゃった。

ごめんなさい。もう言いません。

レン兄たちが帰ったあとで、従士たちがいそいそと裏の畑の枝豆を収穫していた。株ごと全部抜いて保存する方法が定着したらしい。

まぁ、いいよ。チョイ冷えエールで一杯グイッとおやりよ。だけど飲み過ぎは禁物だよ？

奥さんたちにシバかれるから、ほどほどにね！

収穫した枝豆の一部は辺境伯家へと送られていった。

こうして、騒がしい日々が終わった。


今日はまったり部屋で休もうね。

最近めっきり出番の少なくなった植物栽培スキルの管理人さん、出番ですよ～。

『本当ですよ！　私のことを忘れているなんて、どうかしています！』

いきなり真っ黒画面の中で、管理人さんがプリプリ怒っていた。

画面が見えないから、移動してくれないかな？

ムッキーッ！　と怒っている黒画面に、文字が表示されている。

気づかないあいだに、レベルが27に上がっていたようだね。

僕が首をかしげていると、管理人さんが教えてくれた。

『消音機能が搭載されました。以前寝込んだときに迷惑になっていたようですので、最大限の配慮をいたしました。あえて指摘しますと、ハク様はご自分ではめったにスキル画面を確認しませんよね？　レベルが上がってもお構いなしに感じますが？』

なんか、チクリと嫌味を言われた気がする～。

最近は指示しなくても、適当に自動で栽培されているんだよ。

「う～ん。レベル20から作れる作物の指定がなくなったし、僕も新しい植物を増やしていなかったからね」

適当に生産してねと伝えたきり、放置ゲームになっていたんだよね。

ちょー楽ちんだよ！

『たまには確認してくださいよ……ふぅ』

管理人さんが深くため息をついていた。

ごめんね？

「ところで倉庫に入れておいた、月光草とクレール草に気づいているよね？」

『気づかないはずがありません』

だよね〜。

「このふたつの薬草を増やしてほしいの。栽培環境は大丈夫かな？」

クレール草はきれいなお水が必要な植物だけど、植物園の水田で育つよね？

問題は月光草だよ。

たしか月の光を浴びないと、薬効成分が抽出できないんだっけ？

スキル倉庫の画面を眺めていると、植物鑑定さんが自動でお仕事をしてくれた。

（月光草　切り立った崖の岩壁に生育する。満月の光を浴びると白い八重の花を咲かせる。葉と根に猛毒を持つ。満月の光を浴びた花にだけ解毒効果がある。あらゆる毒に効果がある）

植物鑑定の内容を見て、ビックリ仰天したよ！

想像していたのと全然違っていた!!

これって、知らずにほかの薬草と同じように葉を煎じて飲んだりしたら、解毒どころか即効で死ぬよ。傷に塩を塗るよりひどいよね！

あれ、待って？

「うっかり、花と葉を一緒に飲んだらどうなるの？」

『葉と花を同時に、同量摂取した場合は効果が相殺されますね』

管理人さんが低い声で怖いことを言った！

ええ？　結局は解毒しようとした、元の毒で死ぬってこと？

苦労して採取したとしても意味ないじゃん……。

そもそも、満月の晩に咲く花じゃないと効果がないから、それを知らなければどっちにしても助からないかも……。まさに骨折り損のくたびれ儲け。

月光草は天使の顔をした、悪魔のような薬草だった。

そういえば、エンジェルストランペットっていう植物も猛毒だったっけ？

実は普通に接している植物にも、毒を持っているものが多いんだよ。植物に触ったら必ず手を洗ったほうがいいんだよ。

「ところで植物園で栽培できるかな？」

『可能です。条件の植生地を創造しますか？』

は？　植生地を創造できるの？

『植物園ですから、植物の生育環境を作ることは、朝めし前です！』

えっへん！　と、管理人さんが偉そうに言った。

ある種のロックガーデンってやつかな？

できるというのならば、お任せするよ。

そんなわけで、管理人さんに月光草の栽培地をオーダーしてみた！

『かしこまりました〜』

スキル画面に表示されるエリアが切り替わり、崖のような岩場が現れた。その岩の隙間に、みるみる月光草が生い茂っていく。早まわしの映像を見ているようだった。

「あれ？　栽培スピードが上がっていない？」

『総力を挙げて超特急便で創造しています！　私は超優秀なのです!!』

ちょっとは謙遜を覚えてほしい気もするけど、仕事が早いのはいいことだよ。

そうこうしているうちに、ものの十数分で月光草の栽培エリアが完成した。

肝心の満月はどうするんだろうと思って画面を見ていたら、夜の世界に月の小人さんがひらりと現れた！

おお、淡いムーンストーン色の光をまとった小人さんだったよ！

光魔法の応用かな？　手にお月様のステッキを持っているね。

でも待って、僕は知っているよ。月は自分では輝かないんだよ？

そんなことを考えていたら、横から画面をのぞき込んでいたピッカちゃんが、いきなり植物園に飛び込んでいったんだ！

そしてピッカちゃんは太陽マークの大きな杖《つえ》を掲げた、キラキラ輝く小人さんに姿を変えて、月の小人さんと手を取り合って踊り出したよ！

えぇ!?

僕はポカンと口を開けて、そのようすを画面越しに見つめていた。

キラキラのエフェクトが夜空に瞬いて幻想的！

月の小人さんが手にする、月のステッキからシャラララ〜と光があふれ出して、白い可憐《かれん》なお花が開花した。淡く発光して咲く月光草もきれいだね。

十分に光を含んだところで、緑の小人さんがお花を収穫していった。

う〜ん、ファンタジー！

それを見ていたグリちゃんたちも、大喜びで僕の周りで踊り始めちゃった！

わ〜、こっちも楽しそうだね！

管理人さんは、『想定外ですが、結果オーライ！』と、開き直っていた。

えぇ？

そんなアバウトでいいの？

『いいんです!!』

もはや僕は何も言わないよ……。

そんなわけで、月光草の専用エリアができちゃった！

月光草エリアでは、のぞくたびに小人さんのダンスが見られるよ。ときどき植物園内のほかの小人さんたちも混ざって、みんなで楽しく輪になって踊っているんだ。

メルヘンダンス、かわゆス。

ちょっと思ったんだけど、僕のスキル、超絶ヤバくない？


そうなると気になるのはクレール草の水田だよね？

（クレール草　澄んだ清流に生育する。ガラスのような青い結晶の花を咲かせる。花は触れると砕ける。取り扱いが難しい。結晶の花を砕いて調合する。花の薬効は砕いてから一時間程度で消える。浄化作用があり、聖水と同等の効果がある。月光草と調合することで解呪と浄化の相乗効果がある。ゾンビやリッチにも有効である）

はわわ！

月光草も厄介だったけど、クレール草もヤバいね！

ジジ様が採ってきてくれたものには、ちゃんとお花がついていたよ！

ジジ様すごい！　ちゃんとクレール草の特性をわかっていたんだね！

水田に植えつけたはずだったんだけど、なぜか曲がりくねったきれいな小川になっていて、水辺にはクレール草の水晶花が無数に青く煌《きら》めいていた。

そして流れる水流には、青い小人さんがたくさん泳いでいたよ……。

というか、流されているの？

カッパならぬ、水精霊の川流れ……。

みんな自由だね。

僕の植物園は、どこへ向かっているんだろうね？


八月中旬になり、夏野菜の収穫が最盛期を迎えていた。

孤児院の子たちと村人応援団が手早く畑から収穫し、販売分の作物はハルド商会の人がマジックバッグにどんどん収納していく。そのさまは、まさに流れるベルトコンベアーのようだった。

あっという間にスイカとメロンの収穫が終わったよ。

当然、村人と孤児院にもお裾分けしておいた。

また少し休んだら、秋野菜を植えようと思う。


今日は料理場で、ジェフとマーサと僕は、ジャムの試作品作りをしていた。

僕は果物を出す係ね。重要なお仕事だよ！

ラドベリー、ブルーベリー、リンゴでいいかな？

ハルド商会に聞いてもらったら、レモンは南の国で栽培されているから、取り寄せることができるそうだ。今日は僕の植物園産を使うとしても、材料はなんとかなりそうだね。

ジャム作りに使うのはレモンの汁だから、コストはそんなにかからないかな？

念のため代用品がないかジェフに聞いてみた。

「リンゴの皮と芯を一緒に煮だせばいいですよ」とのことだった。

ほうほう。柑橘《かんきつ》が手に入らない地域もあるからね。

早速三種のジャムを試作してもらったよ。

まぁ作業自体は簡単。

よく洗って水気をふき取ったら、ヘタを取って適当な大きさに切って、レモン汁を入れ、灰汁を取りながら鍋でコトコト煮込むだけ。

そんな感じで、三種類のジャムを作り、三人で試食してみた。

「砂糖や蜂蜜を使わなくても、甘みが強いですね」

「上品な優しいお味ですねぇ」

「うん、おいしいね！」

砂糖の強い甘みがない分、素材の味が生きている感じがするよ。

やっぱり一番おいしかったのはラドベリーだった。

あとはこれを詰める、ビンとラベルだね。


ガラスビンは高級過ぎて無理なので、カミーユ村にある陶器工房にお願いすることになった。

絵付け職人がいるそうなので、果実の絵を描き入れてもらったらどうだろう？

「白地に赤いラドベリーの絵は、すごく映えると思うよ？」

マーサも瞳を輝かせて賛同してくれた。女の人はいくつになっても、かわいいものが好きだよね。

早速バートンと話し合って、陶器工房にサンプルを作ってもらうことにした。

同じ絵を何個も施すのは大変かなと思ったけど、『転写』の魔法陣があって、同じ絵を複製できるんだって。図案を作成した職人にしか魔法陣は使えないらしく、偽造は防げるそうだよ。

さらに作者の印章を特殊なインクで刻印することで、模倣されても偽物だとすぐにバレるそうだ。よく考えられているね。

一週間後にはサンプル品が届いた。

ラドベリーの実と葉が描かれた、白い丸みを帯びたフタつきのビンだった。さすがにスクリューキャップのビンはまだないね。

それにしても、白磁だよ！　きれい～！

「このビンだけでも飾っておきたくなるよね！」

「さようでございますね。食べたあとには、洗って小物入れに使用できますね」

マーサも楽しそうに手に取ってみている。

「デザインはよろしいようですね？　ではこのまま発注いたします。今から発注しても、実際の製品が届くのは半年後になるでしょう。ジャムの発売は来年の夏を目標にいたしましょう」

バートンも満足そうに目を細めていた。

大量生産できるわけではないし、白磁の陶器ともなれば手間もかかる。さらに絵付けもとなれば、そのくらいの時間が必要だろうね。

そのあいだにジャム作りの技を磨いてもらうしかない。

サンプル品のビンを眺めながら、フタを開閉してみた。

「このビンとフタをどうやって封印するの？」

このままだと、パカッとフタが開いちゃうよね。未開封だってわからないと買ってくれないよね？

「坊ちゃまはポーションの封印をご覧になったことはございませんでしたか？ のちほどご用意いたしましょう。その封印と同じように、特殊な魔法紙を貼って封をいたします。封印紙と呼ばれております」

ほうほう。

バートンからポーションの封印紙を見せてもらった。

ポーションの専用ビンに、密閉加工の施されたコルク栓がしてある。その上にビンとコルクを覆うように紙の封がされていた。

ポーションの専用ビンは錬金術師が作る、特殊なものなんだって。

バートンの説明を聞くとおもしろい。

「この封印紙は、最初は白色ですが、時間の経過とともに徐々に変色してまいります。黄色になると製造から三箇月、赤色になると製造から五箇月となります。黄色の時点で効果は三分の二に、赤色になると三分の一になります。ですので、変色前のものが良いとされております。また、変色したものは段階に応じて値下がりいたしますので、あえてそちらを購入する者もおります」

変色したものでも効果がゼロではないので、初級冒険者や貧しい人はそれらを格安で購入するらしい。

ビンとコルクに特殊加工が施されているので、途中で封印紙を新しく貼り直しても、結果は変わらないんだって。偽装防止対策もバッチリだね。

ちなみにポーションのビンは効能で色分けされている。

青いビンはヒールポーション。

緑のビンはマナポーション。

赤いビンは解毒ポーション。

紫のビンは浄化ポーション。

基本の四種はこれで、ほかにも用途別で何種類かあるけれど、特殊なものは個別の受注生産になるらしい。

万能ポーション『エリクサー』なんてものもあるんだって！　魔法世界のロマンだね！

「万能ポーションの製造法は、現在では失伝しております。まれにダンジョンの下層の宝箱から見つかる程度でございますので、王族でも保有できるかわからない品物です」

あ、はい。秒でエリクサーは幻と消えた。

そのあともバートンの説明は続く。

「なお、封印紙には品質レベルが表示されます。劣化品、普通品、良品、最良品、最上級品の五種です」

「ということは、その封印紙を使用すると、ジャムにも優劣がつけられるってこと？」

ええ、勝手に評価されちゃうの？

「さようでございます。ですので、村の工房で製造する商品の品質は、最良品以上を目指すことになります。そうでなければ、高級品としては販売できないでしょう。ビンのコスト分を価格に転嫁できずに赤字となります」

なんでもないことのように、バートンは淡々と告げた。

容器は立派でも、中身が伴わないとダメってことだ。

いきなりハードルが上がったね。ラドベリーの品質はともかく、製造する工房の腕にかかってくるってことだ。

この冬は特訓が必要だね！

マーサも真剣な眼差しで、大きくうなずいていた。

植物魔法で気ままにガーデニング・ライフ

第十一章 事件は突然に

Chapter.11

Enjoy a carefree gardening life with plant magic.

家の裏の枝豆畑に、この冬はラドベリーを育てようと思う。

秋に植えれば来年の春に収穫できるからね。

ジャム作りを考えると、今から大量生産をしておいたほうがいいと思うんだ。

もちろん村でも作っているから、こっちは予備的な意味合いもある。

ラドベリーが余るなんてこともないだろうから、どんどん作っちゃおう！

そんなわけで、今日は孤児院三人組を連れて、お馬さんの放牧地横にやってきた。

「エーッ！　坊ちゃん！　ここは枝豆を植えるんでしょう？」

本日の護衛ルイスが、何やら嘆きの悲鳴を上げた。

ルイスは一番若い従士で、一言でいうなら茶髪のチャラ男だ。

絶賛彼女募集中の二十二歳だよ！

「何を言っているんですか、ルイス様。今年枝豆を植えたんだから、次は違うものを植えないと連作障害が起きるんですよ？」

孤児院組最年少のノエル君に諭される、ダメな大人だね。

「連作障害って何よ？」

「ルイス様はそんなことも知らないんですか～？」

などと、ふたりのやり取りが続いていた。

ノエル君も成長したんだねって、実際の連作障害なんて君も知らないよね？

まぁ、そんなふたりは放っておいて、僕はポコちゃんたちと畑の準備だ。

孤児院三人組にも、このころになると精霊さんたちが見えるようになっていたよ。それどころか村人応援団にもチラホラ見えているようだった。

どうも「ハク坊ちゃまは妖精と仲良し」とか思われているらしい。

惜しい！

グリちゃんポコちゃんたちは妖精じゃなくて精霊さんなんだよね。

ほら、背中に透明なチョウチョの羽がないでしょう？

まぁ、みんなかわいいけどね！

「ハク様、苗の植えつけはどうしますか？」

農作業スタイルのミリーちゃんが僕に聞いてきた。ミリーちゃんの後ろには、苗の入ったトレイを持ったビリー君も控えていた。なんかビリー君の下僕感が……、げふんげふん。

そうしているあいだに、ポコちゃんと小さな土の精霊さんたちのおかげで、きれいな畝が出来上がっていた。

仕事が早いね！　ありがとうね！

ラドベリーの畝は少し高くしてもらったよ。

夏から育てていたラドベリーの子株と、僕の植物園産の苗を混ぜて植えてゆく。

「え～とね、ラドベリーはランナーの切り口を自分とは反対のほうに向けて、葉のつけ根の王冠のような成長点《クラウン》を出して植えるんだよ。株間は四十センテぐらいでお願いね」

こうすると通路側に実がなって、収穫がしやすくなるんだよ。

みんなでそれぞれ畝を分かれて植えつけていく。

作業が終わったら、たっぷりの水をクーさんにかけてもらうんだけど、根づくまでは乾燥させないように注意が必要だよ。最後に株元を麦わらで厚めに覆って、マルチングしていく。冬は寒いから、お布団代わりだよ。ラドベリーは耐寒性も強いから安心してね。

午後の三時前に、ラドベリーの植えつけ作業が終わったところで、今日の農作業は終了。

「みんなありがとね。明日はゆっくり休んでね。あ、お土産を用意してあるから、無料配布所から持っていってね～」

バイバ～イ。


孤児院三人組を帰したあとは、もう一仕事。

来年の枝豆畑の土作りをしておこう。

父様には許可をもらっているよ。というか、今回のラドベリー計画を話したところ、新たな開墾許可が速やかに下りたんだよ！

枝豆愛が止まらないいね。

まぁ、土作りといっても、雑草と石ころの除去くらいだけどね。

今回はお馬さんの放牧地を挟んだ反対側に、さらに広めの耕作地を作る。

今年の枝豆畑の、二倍の面積にしようね。

途中にはきちんとした農道も作っておこう。

「植物栽培スキルさん、よろしくね！」

『へ～い！　お任せあれ！』

管理人さんが変な声で返事をしたよ。

僕のかけ声と同時に魔法陣が空中に浮かび上がり、そこへ向かって雑草や石が飛んでいく。

相変わらず、圧巻の光景だね！

「おおっ！　すげぇ～！」

精霊さんたちと一緒に、ルイスも手をたたいて喜んでいた。

そのとき、予期せぬ事件が起きた。

「きゅっ！」

雑草と小石が舞う中で、何かの声が聞こえたと思ったら、僕はドンッ！　と、お腹に衝撃を受けて突き飛ばされていた。

「はわっ！」

「坊ちゃん!?」

ルイスの叫び声を遠くに聞きながら、空を見上げて背中から転げていった。

その瞬間、僕は見た！

僕を押したのはグリちゃんで、僕が立っていた場所の上を、茶色い物体が飛んでいったのを！

そしてその茶色い物体は、ポコちゃんの土魔法でできた土壁にブッサーッ！　と突き刺さった！

「坊ちゃん大丈夫かッ！　なんだってこんなところに角《つの》ウサギがッ！」

慌てて駆け寄ったルイスが、土壁に突き刺さってジタバタしている角ウサギをガッシリとつかみ、力任せに壁からむしり取る。

片方の手には片手剣が握られていた。

その瞬間、ポコちゃんが僕の顔の上にダイブしてきたよ！

「へぶしっ！」

僕の鼻が打撃を受け、遮られた視界の外で、鈍く引き裂くような音と鳴き声を聞いた。

僕は何が起きたのか、目撃しなくても理解することができた。

ああ、ポコちゃんは僕に残酷な光景を見せないようにしてくれたんだと思う。

ポコちゃんが軽くてよかったよ……。僕の低い鼻がもっと低くなるところだった。

僕はそのまま、ジッとして動かない。

しばらくして、お腹に張りついたグリちゃんと、顔に張りついたポコちゃんごと、ルイスに引き起こされた。

恐る恐る目を開けてみると、そこには心配そうなルイスの顔があった。

「大丈夫ですか、坊ちゃん。ケガはしていないか？　気づくのが遅れて申し訳ありませんでした！」

強張《こわば》った表情のルイスは、片膝をついて僕の前に深く頭《こうべ》を垂れた。

「……、だいじょ、ぶ、です」

なんか力が入らないね。腰が抜けた感じがするよ。

なんかジワジワと、腰から震えが伝わってきた。

「う、えっ」

ぷるぷるする僕の顔を見たルイスは、目を見開いていた。

なんか視界がゆがむんだよ？

僕の首とお腹にしがみついた、グリちゃんポコちゃんごと一気に抱え上げると、ルイスは屋敷に向かって一目散で駆け出した。

「だ、だれか！　ヤバい！　坊ちゃんの目が決壊しそうだーーッ！」

ルイスの絶叫が辺りに木霊した。

猛ダッシュで屋敷に駆け込んでいったルイスに、裏口近くにいたトムが気づく。

慌てるルイスの腕に抱えられた僕と精霊さんたちを見て、トムは何事かと叫んだ。

「坊ちゃん!?　どうなさった!?　ルイス、何が起きたッ!!」

「屋敷裏のすぐそこに角ウサギが出た！　坊ちゃんは無事だが、ビックリされて今にも泣き出しそうだッ！」

うえうえと涙がこぼれ落ちそうな僕に、ルイスは大慌てだった。

「何ッ！　角ウサギだと？　魔除草があるのにどうやって入り込んだんだッ!?」

ルイスとトムの大声を聞きつけた従士たちが、次々と飛び出してくる。

「仕留めてある！　それより坊ちゃんがッ!!」

泣くッ！

「うわぁ～～んっ!?」

ルイスが言い切る前に、僕のお目目は決壊した。

屋敷中に響き渡る泣き声に、ルイスの顔は真っ白になっていた。

決しておもらししたわけではない。

ギャン泣きである。

僕の泣き声にヘニャリと眉を下げて項垂れるルイスには申し訳ないけれど、自分でもコントロールができなくて、ぷるぷる震えながら泣き続けた。

僕にギュッとしがみついたままの精霊さんたちも、シクシクと泣いていた。

僕の気持ちが伝染したのかな？

ごめんねぇ、うう。


屋敷に運び込まれた僕は、父様の腕の中で精霊さんたちごと抱っこされていた。

結局泣き疲れて眠るまで、しばらく時間がかかった。

あのあとルイスはきつく叱られただけで済んだみたい。

僕が泣いちゃったせいだから、重い罰を受けなくてよかったよ。

それよりも問題なのは、屋敷裏の草原に角ウサギが潜んでいたことだった。

角ウサギは弱い部類の魔物だけど、その強力な角で子どもなら一撃で突き殺されてしまうこともあるんだって。

「なんだって、角ウサギがこんなところに？」

「ああ、角ウサギごときが、大量の魔除草をかいくぐってここまで来るか？」

「考えられないな、念のため周辺の調査に当たろう」

「村人にも注意喚起して、自警団にも探索してもらうか」

僕が知らないあいだに、そんなやり取りがされていたらしい。

魔除草は大型の魔物にも効果がある植物だ。人間にはわからない臭気で、強力に魔獣を寄せつけない。

今やその魔除草が、村のあちこちに植えられている。さらには村の全域を囲む防護壁の外にも、二重三重に植えられているのだ。

それ自体が屋敷や村の石壁と同様に、頑丈な作りをしているし、中も外も普段から従士や村の自警団が警備に当たっている。

魔物の中では弱い角ウサギが、そんな防護壁内に侵入したというのが問題だった。

何か異変が起こっているのかもしれないと、長く森の側で暮らした人間だからこそ警戒する。

翌日から、従士による森の探索がおこなわれた。

名誉挽回《ばんかい》と、ルイスは率先して行動したらしい。

自警団は防護壁周辺の調査と警戒に当たった。

村人にも数人で行動するように、注意喚起がなされたそうだ。

自警団員が、外周防護壁の鉄門の隙間に、小さな穴を発見した。

角ウサギがギリギリ通り抜けられるくらいの、穴が掘られていたそうだ。

鉄門の真正面には、魔除草が植えられていない部分があったため、おそらくそこから侵入したのだろう。

早速鉄門の地面部分の補強がなされ、魔除草が隙間なく植えつけられた。

ほかの鉄門周辺も厳重にチェックしたようだ。


その後従士の探索により、山をふたつ越えた森の奥に、オークの小規模集落が発見された。

オークの集落ができたことで森林狼《おおかみ》の縄張りが変化し、角ウサギが追い立てられてしまったのだろう。

実際に人の手の入った浅い森の近辺でも、魔物や野生動物の残骸が見つかったそうだ。

狼の群れは一日で五万メーテも移動するそうで、お山のひとつふたつは簡単に越えちゃうんだって。

急に現れた狼にビックリして、角ウサギも大慌てで逃げ惑ったのだろう。

その一匹が運悪く、ラドクリフ領内に侵入してしまったようだ。

「ハク坊ちゃんには怖い思いをさせましたが、結果的には早く気づくことができましたぜ」

従士のひとりがそう言って、僕の頭をポフポフとなでていった。

けがの功名っていうんだっけ？　かすり傷ひとつ負っていないけどさ。

ギャン泣きし過ぎてお目目が痛くなっただけだよ。

あとね、すごく怖かったの！

発見したオークの集落は、ざっと十数のオークが暮らしているようだった。最近できたばかりのようで、これ以上増える前に討伐する必要がある。

父様はラグナード辺境伯と冒険者ギルドに応援を要請した。

この世界にもゴブリンやオークがいるけれど、普通に自分たちで繁殖する。ただ、その繁殖力が強くて、ゴブリンなどはネズミ算式に増えてしまうんだって。

オークはそれほど急には増えないけれど、放っておくと、あっという間に大集落になって危険なのだそうだ。個体では弱くても、数が集まれば脅威になる。

ゴキブリみたいなヤツらだよ。

僕も前世ではゴキブリとカメムシとは戦えなかったもん。ハチとかカミキリムシとは殺虫剤片手に戦ったけど。

過酷な戦いだったんだよ！

討伐作戦がおこなわれているあいだ、僕はひとりにならないように、マーサやバートンと同じ部屋で待機している。

おとなしくしているように、父様に言われたんだもん。

今日も部屋でマーサにくっついているよ。

「あらあら、甘えん坊さんですねぇ？」

マーサは困ったような顔で、でも優しく僕を抱きしめてくれていた。

「まだお小さいですもの、仕方がありませんわ」

リリーがほほ笑ましそうに僕を見ながら、ホットミルクの入ったカップをテーブルに置いた。部屋の隅にはミケーレ君も待機している。

しばらくは通いの使用人さんや、孤児院の三人にも休暇を出しているので、屋敷の中は静かなものだった。

屋敷や村の警護には、ジジ様が連れてきた辺境伯家の騎士や衛兵が当たってくれている。

庭ではクーさんとピッカちゃんとフウちゃんも、警戒しているんだよ。

父様と従士たちと、ジジ様と辺境伯家の騎士団と、冒険者の一団が、オークの討伐に出ている最中だった。

「そんなに心配しなくても大丈夫だよ。お祖父《じい》様も張り切っていたしねぇ？　あっという間に討伐して帰ってくるさ」

そう言いながら、ソファに座ってゆったりと寛いでいるのは、従兄弟のウィル兄だった。

今年十九歳になるウィル兄は、辺境伯家の次男で、カイル兄のお兄ちゃんだよ。

騎士学校を卒業して戻ってきたばかりで、今回ジジ様に強制的に連れられてきたらしい。

本当は討伐に駆り出されるはずだったんだけど、僕の怯えたようすを見たジジ様が、急遽《きゅうきょ》この屋敷の警護を命じた。

トムやバートンやビクターもいるから大丈夫だと、父様は遠慮していたけれど、ウィル兄は晴れやかな笑顔で「任せてください！」と胸をたたいていたんだ。

この兄弟は、なんか同じ匂いがするよ。調子はいいけど、なんか胡散臭い感じがひしひしと。

「ん？　何かな、ハクちゃん？」

そしてウィル兄はセシリア様に似ているんだ。その笑顔が怖いんだけど……。

僕はますますマーサにヒッツキ虫になった。

どこに行くにもくっついていくので、ついにはバートンに引っぺがされてしまった！

ああ!!　僕の心の拠《よ》りどころがッ!?

「マーサさんにもさまざまな御用があります！」

バートンは困ったように眉を下げていた。

さすがにこれは僕も反省。デリカシーがなかったと思う。

ごめんね、マーサ。

マーサは笑って許してくれたよ！　大好き！

そうしてまた、戻ってきたマーサにくっついていた。

オークの集落は小規模だったこともあり、本当にあっという間に討伐作戦は終了した。

だけど戻ってきた討伐隊の何人かが、大きなケガを負っていたんだ！

屋敷に駆け込んできた人たちで、屋敷のエントランスがごった返していた。

いつもは静かな屋敷内で大きな叫び声が聞こえて、僕はビックリして飛び上がった！

「毒だッ！　オークの武器に毒が仕込まれてやがった!!」

「くそッ！　こりゃ猛毒草だと思うが、特定できねぇ！　薬師はいるかッ!!」

ドタバタと走りまわる人の足音に、僕はビクビクしていた。

だって、生まれてこの方、緊迫感とは無縁の生活を送ってきたんだもん！

僕、こんなの知らないもん！

僕はまたわんわんと大声で泣いてしまった。

リリーもバートンも救護に駆り出されてしまって、今は僕とマーサが部屋の中にいるだけ。

マーサが必死に外の音から遠ざけようとしてくれるけど、それを上まわる怒号が響いていた。

屋敷の庭にもケガ人が運び込まれているみたいで、おんぼろ屋敷の防音なんて、たいしたことはないんだよ!?

グリちゃんは僕の頭にしがみついて、ちっちゃい手で耳をふさいでくれた。

ポコちゃんも僕の背中や腕をなでてくれている。

みんなごめんね、僕って弱虫だよね。

涙と鼻水でグチャグチャになっている僕。

そのとき突然、部屋の扉が開け放たれて、父様が飛び込んできた！

「ハクッ！　ここにいるか!?」

父様がまとった甲冑《かっちゅう》には血の汚れがついていて、しかも怖い表情をしているんだもん！

僕はすくみ上がって、ますますマーサにしがみついてしまったよ！

「何です、旦那様!!　怯えている幼子に声を荒らげないでくださいまし！」

マーサは父様に猛然と抗議していた！

父様はマーサの剣幕に一瞬たじろいだけれど、それよりも大事なことがあるのか、厳しい顔のままで僕の前にひざまずいた。

「すまん！　だが、聞いてくれハク！」

父様の必死の声に、僕は少しだけ顔を上げて、それからまたマーサのお仕着せに顔を埋《うず》めた。

父様の姿が怖過ぎてダメだ！

ついでに猛烈に臭いです!!

思わず父様に浄化魔法をかけちゃったよ！

すると身体が輝いて、血や汗の汚れも匂いもきれいになくなり、父様はポカンとしていた。

「あら旦那様、きれいになりましたよ」

マーサが口の端を上げて笑った。

ちょっとだけ緊張が緩んだ隙に、父様は僕の顔をのぞき込んで、極力穏やかな声で告げた。

「夏にお義父上様に、月光草とクレール草の採取を頼んでいたね？」

僕はしゃくり上げながら父様を見て、小さくうなずいた。

「それを少し分けてほしいんだ。討伐隊の何人かが猛毒にやられてしまって、このままでは死んでしまうかもしれない。けれど、その薬草があれば助かるんだッ！」

ボンヤリする頭で夏の出来事を思い出せば、そんなこともあったよね。

「薬草はあります……ズッ。時間停止のバッグを……グズ、貸してください……ズズッ」

グズグズ鼻をすすりながら聞けば、父様は表情を明るくし叫んだ。

「ありがとう、ハク!!」

耳がキーンとなるくらいの大声だったので、父様はまたマーサに叱られていた。

涙と鼻水まみれの顔を拭いてもらい、スンスンと鼻を鳴らしながらスキル倉庫からふたつの薬草を一束ずつ取り出した。

「クレール草は、砕いてから一時間で薬効がなくなります……グズ。気をつけて薬師さんに渡してください……ズッ」

「承知した！　これでたくさんのケガ人が助かるぞ！　心から感謝する!!」

父様は僕をムギュッと抱きしめたんだけど、軟弱な僕は甲冑に押しつぶされて「むぎゅッ」となった。いつだったかレン兄にもされた覚えが……。

父様とレン兄はそんなところもそっくりだよね……、と思っているうちに意識が飛んじゃった。

次に目を覚ますと、自分のベッドの中だった。

ぬくぬくお布団の中で、マーサからことの顛末《てんまつ》を聞くことになった。

あのあとラグナード家の薬師によって解毒薬が調合されて、瀕死《ひんし》の状態だった人たちが快方に向かったそうだよ。

奇跡的に死者を出さずに済んだと、お祭り騒ぎになっているらしい。

その猛毒の被害者の中には、我が家の従士長も含まれていた。

命が助かった従士長は、「俺もそろそろ引退ですかねぇ……」とボヤいていたそうだ。

猛毒さえ解毒できれば、あとはほかのポーションで回復できるそうで、後遺症も残らないと聞いて安心したよ。

僕がもっと早く気づいて、父様にお声をかければよかったのかもしれない。

泣いてばかりで役立たずの自分に、自己嫌悪がひどい。

それに気づいたマーサと精霊さんたちが、僕を慰めてくれたんだ。

ありがとうね、みんな。

「それにしても、旦那様も力加減ができないんですから!! 坊ちゃまがペチャンコになるところでしたよ！」

マーサはプリプリ激オコだった。

討伐されたオークは解体されて、お肉は参加者全員に振る舞われ、その日の夕食は豪勢だった。

外ではテントを張った騎士団や冒険者たちが、飲めや歌えの大騒ぎになっていたけれど、僕は秒で就寝したよ。

お肉は村人にも配給され、残ったお肉と素材は、ハルド商会に高値で引き取ってもらったそうだ。

例の角ウサギはとっくにみんなのお腹の中だった……。


討伐が終わってもしばらくのあいだは、父様やバートンやマーサにしがみつく日々が続いた。そのようすを見たジジ様は、父様にちょっとだけ嫉妬したらしい。

僕は空気が読める子なので、ジジ様に抱っこをおねだりしておいた。

するとジジ様のご機嫌は爆上がり！

「ここに住んでハクを守るぞ！」と豪語していたけれど、従者さんに引きずられるようにして帰っていったよ。従者さんはジジ様の操縦術を身につけていた。

辺境伯家の騎士さんと衛兵さんたちには、秋のフルーツをたくさん振る舞ったよ。

ジジ様やウィル兄には、ラドクリフ家から正式に謝礼が支払われることだろう。親しき仲にも礼儀ありだよね。

ウィル兄は飲み食いして、僕を構い倒していただけだったけど。

「母上へのお土産にするからさぁ」と、僕から高級フルーツを山ほどふんだくっていったよ！

本当に似たもの兄弟だね!!

まぁ今回はお世話になった立場だから、いいんだけどさ。

同行していた辺境伯家の文官さんに、あらかじめ用意しておいた魔除草の苗を大量にお渡しした。

今回は無料でお譲りするんだよ。

「ささやかですがお礼です、ぜひお持ち帰りください」

「これはご丁寧に」

僕とバートンと文官さんは、ほのぼのとお辞儀をし合った。

「ああ、ついでにセシリア様にお手紙と花束を届けてね。一緒にラドベリーもいるかな？　メロンもどう？　秋だからリンゴとミカンも一緒にどうぞ！　赤紫イモもねっとりで激アマだから持っていってね！　美容にいいからお野菜も!!」

はい、どっさり！

あれもこれもと、マイ・マジックバッグから出しまくる僕。

「…………」

文官さんは必死に目録を作り、最後は何も言わずに、疲れたようすで頭を下げて立ち去っていった。果物と野菜だけで、大容量のマジックバッグをひとつ使わせちゃったよ。

あとでバートンに「自重してください……」と注意されちゃった！

ごめんね？

バートンの話では、もちろん冒険者さんたちにも、依頼料を上乗せして支払ったそうだ。

危険な森の近くだからこそ、ケチると次に困ることになるもんね。

みなさん、ありがとうございました。

僕は帰っていく彼らの背に向かい、自分の部屋の窓からぺこりとお辞儀をしておいた。
すりガラスだから、相手からは見えないと思うけどね！

第十二章 僕と精霊さんの秘密

Chapter.12

そんな大事件もあったけれど、季節はゆっくりと晩秋へと向かい、駆け足で冬がやってきた。

今年の秋は大変だったよね。

僕はあれ以来すっかり引きこもりだよ。

え？　いつものことだろうって？

そうとも言うね！

外に雪が降り積もるころ、僕のスキルがレベル30になっていた。

相変わらずの真っ黒画面の中で、管理人さんが明るい声で叫んでいた。

『レベルが30になりました。

新たにバラ園が増設されました。

新たに精油工房が開設されました。

新たに薬草園が増設されました。

薬草園の増設に伴い、植物園内の区画整理がおこなわれました。

新たに薬草の調合室が開設されましたよ～～！』

「……………」

前は開放って言っていたのに、増設・開設に変わったね？

僕が植物栽培スキルさんを追い越して、いろいろ作っているからかな？

それにしてもこのタイミングでバラ園なの？

バラを育てて一周年の記念なのかな？

う〜む、謎だ。

しかも精油工房ができたということは、ローズアロマオイルが作れるってことかな？

それならフローラルウォーターもできるね！

スキル内の工場・工房は、僕が知らないあいだに勝手に操業していることが多いんだよね。

調合室と合わせれば、オーガニック化粧品が作れるってことかな？

はっ！

僕がうっかり考えたことを、スキルさんは実行する傾向にある!?

そこに僕の意思は関係なく、スキルさんは僕の前世の記憶を読み取って、実行してしまう恐ろしい子なのだ！

『要望に応じて実行いたしますよ！』

くはっ！　僕はやられた。

今後ともご自由に、よろしくお願いします！

ぺこりんこ。

まぁまぁ、これが僕ですから。はっはっはっ。

え〜と、次はなんだったかな？

ああ、区画整理ね。

スキル画面で植物園をのぞいてみると、今まで乱雑だった区画がきれいに整理され、かわいい地図が出来上がっていた。

畑エリア・果樹エリア・水田エリア・バラ園エリア・薬草園エリア。

『あらゆる気候に対応し、どんな植物でも栽培できるのです！』

管理人さんは元気だ。画面の隅っこで黒いものが動いているねぇ。

お次は工房エリアを見てみる。

堆肥工場・草木灰工場・肥料工場・食用精油工場・繊維ポット製造工場・レンガ工場・乾燥工場・脱穀製粉工場。

麻袋工房・ジャム工房・ガラス工房・精油工房・調合室。

『工場エリアと工房エリアに分かれていますよ！　私の区画整理は完璧です！』

ちょくちょく管理人さんの合いの手が入ってうるさいね。

地図を指で動かしながら、工房街を確認していく。

あれ、ジャム工房とガラス工房が増えているね？

二頭身の精霊さんたちが楽しそうにお仕事をしたり、遊んだりしているのが見える。

かわいいねぇ〜。ほのぼのだよ。

「管理人さん、どうせなら精霊さんたちのために、風光明媚《めいび》な森や湖や川も作ってあげてよ。みんなは自然豊かな場所が好きなんだよね？　精霊さんたちの憩いの公園もあったら楽しいよ。みんなが休める、かわいいお家があったらすてきだと思うんだ！」

『……。了解しました。こうなったらとことんやってやります！　キエーーッ!!』

僕の無理難題に、ヤケクソ気味の管理人さんは雄叫《おたけ》びを上げた。

見る間に、山と森に囲まれた、かわいい長閑《のどか》な村が出来上がってゆく。家々のあいだには小川が流れ、小さなせせらぎを作っていた。

精霊さんたちはみんなでこっちを見上げて、手を振ってくれたんだ。

僕も迷わず手を振り返した。

横からのぞき込んでいたグリちゃんポコちゃんも、大喜びでスキル画面に飛び込んでいった！

そして二頭身キャラになって、みんなで手を取り合って踊り出す。

入っちゃったよ！

僕は驚きながらも、しばらくその光景を見つめていた。

そんな中、気になったのはやっぱりジャム工房だよね。

精霊さんのジャムはどんなだろうね？

倉庫をのぞいてみると、加工品のカテゴリーの中にジャムのイラストが見つかった。

ちなみにカテゴリーはこんな感じに分類されている。

植物（野菜・果物・穀物・スパイス・薬草・草花・樹木・乾燥素材・その他）

資材（堆肥・草木灰・肥料・麻袋・ポット・トレイ・ガラス製品・その他）

加工食品（植物油・ジャム）

植物カテが一番多くて、資材カテの項目は少ない。加工食品はまだまだ品目が少ないね。

それでは、いざ！

「ジャム、ぷりーず！」

スキル倉庫の魔法陣から、ポンとガラスの小瓶が飛び出した。

ガラス工房はこのためだったのか!?

ジャムは無色透明のガラスビンに入っていた。しっかりスクリューキャップで封がされているよ。

フタには不思議な模様の円の中に、ラドベリーの精密な絵が描かれている。

ビンの側面にはラベルが貼られており、この世界の文字でジャムの原料や製造元と発売元が明記されていたよ！

原料　ラドベリー・レモン汁・甜菜糖
製造元　精霊植物園　ジャム工房
発売元　ラドクリフ領ルーク村　ラドクリフ男爵
※開封後はお早めにお召し上がりください。

オーッ！　オーバーテクノロジーーッ!?

またしても、世には出せない代物だったよ！

精霊さんは自由だね！

「君もね」

はっ？

不意に耳元で声が聞こえて、僕は一瞬固まってしまった。

僕はそぉ〜っと、横目で声のほうを見る。

するとそこには、真っ黒なポンチョにムーンストーン色の髪と目を持った精霊さんが、僕の右肩の上に浮かびながらこっちを見ていた。

なんか、どこかで見たことがあるような……？

「何を言っているのさ、ときどきのぞいているじゃん」

月のマークの精霊さんが、プンスコしながら丸いお月様のステッキを振りまわしていた。

ああああああ！　いつかの月光草ダンスの精霊さん!?

「初めまして、月の精霊さん？　なんとお呼びすれば……？」

「好きに呼んでいいよ。ほかの子たちにも勝手に変な名前をつけているよね」

変なって、ひどい。

あれ、待って？

グリちゃんたちも、この呼び名に不満を持っているの？

思わずサーッと蒼ざめる僕。

挙動不審になった僕に気づいた月の精霊さんは、慌てて言葉をつけ足した。

「別に、ほかの子たちは名前をつけてもらって喜んでいるよ！　そういうつもりで言ったんじゃないし……」

なんかバツが悪そうに、チラチラこちらを見ながらモジモジしている。

ああ、あれだね？

ツンな属性の！

「なんだよ！」

ほっぺを赤く染めて、ステッキで僕をツンツンしてくるのはやめて！

先が丸いから痛くはないけど！

「じゃあ、僕が名前をつけてもいいの？」

「勝手にしたら！」

はい、ツンデレ確定！

「それじゃあ、お月様だから、ムーン、ルナ、ツキ、ゲツ、ガツ……」

「とうっ！」

頭にステッキチョップが炸裂したよ！

痛い！

見るからに激オコのようだ。

センスがなくてごめんね～。

「う～ん、ユエはどうかな？」

すると精霊さんの表情がみるみる変わってゆく。

「ユエね、ユエ！　不思議な響きだけど、そう呼んでもいいよ！」

「はぁ、ありがとうございます？」

ご機嫌になった月の精霊さんあらため、ユエちゃんは僕の周りでクルクル回りながら、ステッキをフリフリ踊っていた。

そうしているうちに、いつの間にか、ピッカちゃんとクーさんとフウちゃんも集まってきていた。

しかもピッカちゃんもクーさんも、ポンチョ姿の精霊さんに変わっていたよ！

フウちゃんも初めて姿を見せてくれたんだ！

グリちゃんポコちゃんも、スキル画面からぴょんと飛び出してきたよ。

僕の部屋に精霊さん大集合！

はわわわわ！

ピッカちゃんは明るい黄色のポンチョに太陽の杖を携えた、金髪金眼《きんがん》のカッコカワイイ感じの小人さん。

クーさんは水色のポンチョに長靴をはいた、青い長髪に藍色の瞳の涼やかな雰囲気の小人さん。

フウちゃんは薄緑色のポンチョで、背中に小さな羽が生えていて、ふわふわミルク色の髪と翡翠色の瞳の小人さん。

グリちゃんとポコちゃんは前に紹介しているけど、緑のポンチョと茶色のポンチョだよ！

みんなの体長は五十センテぐらいで、体重はぬいぐるみのように軽いんだ！

存在自体がかわいいから大好き！

しゅきッ。キュッとみんなで抱きしめ合う。

「てぃッ！」

「あいてッ！」

またしても月の精霊さんにステッキではたかれた！

ちょっぴり無視された感じのユエちゃんがプリプリしているよ。

ごめんね〜。

「みんなは僕の植物園の精霊さんで合っている？」

「正確には君の植物関連魔法そのものだね」

きょとんとする僕のおでこを、ユエちゃんはステッキで突っつく。

「わかってないって顔だね。君の植物栽培スキルも異常だけど、君自体がイレギュラーなんだけど？」

「はぁ……」

異常って、イレギュラーって言われても。

前世持ち越しだからかな？

ユエちゃんは腕を組んで考えるポーズをしている。

「う〜ん、君の魔力自体が膨大過ぎるんだよね。君の中の魔力が、ギフトを得たことで方向性を与えられて、君の稚拙なイメージで外に飛び出したのがボクたちかな？」

えぇぇ？　なんか今ディスられた気がする。

僕の頭の中が幼稚だってこと？

せめてメルヘンだと言ってほしいなぁ。

「そもそも、こうやってボクたちが飛び出さなかったら、君は魔力過多で早死にしていたよ？」

なんですと!?

驚愕《きょうがく》の事実が明らかに!!

「つまりボクらは君の分体でもあるわけだ。君は膨大な魔力を外に出したことで、自分自身では生活魔法程度しか使えなくなったけれど、その分普通に生きていけるようになったってこと。それに、君の植物園も倉庫も、広がり続ける異空間になっているでしょう？　君の魔力って異常だよね」

そうなの？　自分ではよくわからないよね。

のほほ～んと、小首をかしげてみた。

「君って動じないよね？」

ユエちゃんは呆れたようにため息をついていた。

うん、気にしたら負けだと思うよ。

覚えていないけれど、一度死んで生まれ変わったと思えば、器も大きくなるんだよ、きっと！

もう一度好きなことができるんだから、僕は楽しく生きていきたいんだよ。

「つまり、僕は君たちのおかげで、長生きできるようになったってことでしょう？　こうして仲良くなれただけでも、マイナスなんてひとつもないよ！」

僕は心からの笑顔で、ユエちゃんと精霊さんたちに伝えた。

「…………」

ユエちゃんは困ったように眉を下げながら、口元をモニョモニョさせていた。

ほかの精霊さんたちはみんな僕に抱きついてきて、僕らはぎゅうぎゅう精霊団子だ。

「僕、鈍臭いけど、これからも仲良くしてね！」

僕らはみんなで笑いながら、ずっと抱き合っていた。

ポカポカあったかくて最高だね！


ユエちゃんは僕が月光草を望んだから、月の精霊の姿を持つことができたんだって。

本来僕のスキルの中に月魔法はなかった。

ユエちゃん自身は『シャララ〜』の魔法しか使えないからって、ちょっとすねていたみたい。

そういう意味でも自分が最後で一番下だって、ちょっと遠慮があったんだって。

ユエちゃんがお話しできるのは、生まれ方が違ったせいかもって言っていた。

みんなが楽しそうにしているのを、ずっとコッソリ見ていたみたい。

「うらやましかったんだよぅ………」

涙目で口元をゆがめながら、小さな声で言ったんだ。

どうしよう、僕。

キュンとしちゃったよ。
僕はユエちゃんを優しく抱きしめた。
ユエちゃんはほっぺを赤くして、ずっとお口をモゴモゴさせていた。
ユエちゃんも、これから仲良くしようね！

そのとき突然、ほんわか空気に割り込むように、管理人さんの声が聞こえてきた。
『ちょっとちょっと！　私の存在も忘れないでくださいよ！』
そう言われても、スキルの中にいる管理人さんは、今はどうでもいいよね？
『ひどいデッス！　無視されましたー!?』
管理人さんのおおげさな叫び声が、頭の中に響いてうるさい。
少しは空気を読んでおとなしくしていてね、管理人さん！
ほら、グリちゃんたちもうなずいているよ。
『ぐぬぬ……』
なんだか黒いオーラがあふれているねぇ……。困った管理人さんだよ。
面倒臭いから放っておこうね！

そのあとで、全員でパパンのところに突撃した！
執務室にいたパパンとビクターは驚いていたけれど、姿を変えたピッカちゃんとクーさんとフウちゃんと、新たに仲間になったユエちゃんを笑顔で受け入れてくれたんだ。

ユエちゃんはパパンに頭をなでられて、照れたようにモジモジしていた。

僕もほっこり、ニコニコしちゃったよ！

そのあとはマーサとリリーのところに駆けてゆき、廊下ですれ違ったバートンにも紹介をして、お料理場にも突撃しておやつをもらった。

外に飛び出して、従士たちやトムやお馬さんたちにも挨拶をして回ったよ！

みんなが温かい笑顔で迎え入れてくれたんだ。

僕と精霊さんたちはすごくうれしくて、手をつないで輪になって踊った。

みんなで笑って楽しく暮らしていけたら、それだけで幸せだと思うんだ。


僕の周りは温《ぬく》もりにあふれ、陽だまりのように優しいんだ。

僕はここに生まれてこれて、本当に幸せだよ！

おまけ

ハクの剣術お稽古

Omake

ギフトを授かるちょっと前の、春の日のこと。

「ハクもそろそろ剣術の練習をしてみるかい？」

朝食の席でパパンが話しかけてきた。

えぇ……？

ミルク粥が入った器の中で、スプーンが音を立てる。僕は思わず握った木のスプーンを落としそうになってしまったよ。

危ない、危ない。

それでも少し跳ねてしまったので、服が汚れちゃったかも。

どうしようかとなでていると、マーサがやってきて、服と僕の手をぬれた布で拭いてくれた。

「ありがとう、マーサ」

「どういたしまして。しっかりスプーンを持って召し上がってくださいませ」

マーサは笑って僕のテーブルをきれいに拭いていってくれたよ。

そのようすを眺めるパパンとレン兄とリオル兄。

わお、超注目の的だね！

う〜ん。

「僕にできるかわからないけど、やってみようかなぁ〜？」

適当に小首をかしげながら返事をしてみた。

「そうか。うん、少しがんばってみような」

適当な感じが伝わったのか、パパンは苦笑しながらそう言った。


外の気温が上がってきたので、レン兄に手を引かれて庭にやってきた。

ゆっくり歩く僕のペースに合わせてくれるレン兄は神だね！

「転ばないように注意するんだよ。急がなくていいからね？」

「あ〜い」

良い子のお返事をする僕の後ろを、リオル兄もついてきている。

今日は風もなく穏やかなポカポカ陽気で、こんな日はお布団に入ってお昼寝すると気持ちがいいよね〜。

のほほ〜んと庭の真ん中に立った。キリリと仁王立ちしてみる。

レン兄とリオル兄は従士の指導を受けるみたいで、早速準備運動を始めている。

僕も見よう見真似で手足を伸ばしてみた。

手首をブラブラ〜、アキレス腱《けん》を伸ばして、背筋も伸ばして、その場でピョンピョコ跳ねる。

僕の謎の動きをパパンと兄様たちは、ニコニコ笑って見つめていた。

生温かい視線が突き刺さるよね〜。

準備運動が終わったのを見計らって、パパンが木でできた短剣を差し出した。

「これは木でできているから軽くて先が丸まっているんだ。刺さったりはしないが、人や自分に向けてはいけないよ？」

「あい！」

真剣にうなずいて返事をしてみる。

キリッ！

グリップをしっかりグーで握るように指示されて、背後に回ったパパンが僕の腰と腕に手をそえて支えてくれた。指示されるままに木製短剣を素振りする。

ブン！

「おお、いい調子だね。何回か振ってみよう」

パパンの明るい声を聞いて、ちょっとだけ調子に乗った。

素振りをブンブンブン。

フォームなんてないよ。ただ適当に振っているだけだもんね〜。

ふと横を見れば、レン兄とリオル兄が子ども用の木剣をカッコよく素振りしていた。

「やあ！」「やあ！」

レン兄とリオル兄が気合の声を上げて剣を振れば、強く風を切る音が響いている。

わぁ、カッコイイね〜。

それに比べて僕はどうよ？

腕を適当に振っているだけだよね？

僕はちょっと考えた。これではいけない気がする。

よ〜し！

「ていっ！」

兄様たちの真似事をして、思いっ切り振りかぶった反動で、バランスを崩して後ろにコロンと倒れ込んだ！

「危ない！」

パパンが後ろにいてくれたから、僕の後頭部がゴッツンコするのを免れた！

ふう、危機一髪だね〜。

僕が額の汗をぬぐっていると、パパンに注意されちゃった。

「ハク、レンとリオルのマネをしなくてもいいから、自分のペースで力まずやってみような？」

パパンに支えられて立ち上がり、「ごめんなさい」と謝ってみた。

パパンは困ったように笑って、僕の頭をなでてくれた。

レン兄もリオル兄も驚いた目でこっちを見ていたよ。

むう。

「よし、もう少しがんばってみよう」

「あ〜い」

気負わず、落ち着いて自分のペースでがんばらなくっちゃ。

キリリッ！

ブンブンブン、ブンッ！

すると短剣は僕の手からすっぽ抜けて、従士たちのほうへ飛んでいった！

「あっ」

思わず間抜けな声が出てしまった。

予期せぬ出来事に、パパンもあ然とした表情で剣の行方を目で追っている。

なぜか斜め横にピューンと飛んでいった短剣は、運悪く僕に背を向けていた従士にぶつかってしまった!?

僕は口をオーの字に開けて、ほっぺを両手で押さえちゃったよ！

「ギャッ！　なんだ!!」

従士のルイスが短く悲鳴を上げた。

僕の短剣だよ！

子どもの木製短剣とはいえ、当たればそれなりに痛いよね！

「ごめんね!!」

僕は大きな声で謝った。そしてとっさに前世式謝罪のお辞儀をしてしまったんだ。

ぺこりんこ。

今度は前方に頭を思い切り振ったせいで、僕は頭から地面に転がってしまったよ！

ゴッツンコ！

「ぴきゃッ!?」

「ハク！」

ビックリしたパパンが、慌てて僕を抱き起こしてくれた。

急いで助け起こされた僕のおでこには、でっかいたんこぶができていた。

「とうさま、いたいでしゅ……」

涙目になった僕。

「……ああ、そうだな、痛いよなぁ」

パパンは困ったように苦笑して、たんこぶをなでてくれた。

「大丈夫かい、ハク？」

「ゴチンって、大きな音がしたけど平気？」

レン兄とリオル兄も心配して声をかけてくれた。

うう、僕は負けないんだもん。

「いたいけど、へいき～」

おでこを両手で押さえながらヘラリと笑ってみせた。

僕は泣かないもん。


そのあいだ、僕の短剣の餌食になった被害者ルイスは、ほかの従士たちに大笑いされていた。

「坊ちゃんのへなちょこ剣に当たるなんて！」

「気が緩み過ぎだぞ！」

ルイスは背中に手を回して、届く範囲でさすっていたよ。

ごめんね、ルイス。

僕がおでこを押さえながら、眉を下げてルイスを見ていたら、ルイスがクルリと振り返った。

わお！　怖いお顔!?

おもむろに木製短剣を拾い上げると、その顔のままズンズンと僕に近づいてきて、無言で僕に手渡し、そのままきびすを返していってしまった。

「ルイス～、ごめんね～!!」

もう一度、大きな声でルイスの背中に叫んだ。

ルイスは僕に背を向けたままで手をヒラヒラ振ると、その手で笑っている従士たちにつかみかかっていったんだ！

従士たちは訓練そっちのけでもみくちゃになって、剣術のお稽古が、体術のお稽古に変わっちゃったよ！

これでは剣術のお稽古にならないと、レン兄もリオル兄も困った顔をしていた。

ふとパパンを窺い見れば、無表情のまま静かに怒っていた！

結局ふざけていた従士たちはパパンに叱られちゃったけど、僕のせいだから許してあげて！

僕は半泣きでパパンにすがりついて、なんとか怒りを収めてもらったよ。

その後、僕は剣術のお稽古を免除されることになった。

「レンもリオルもいるからね、ハクは無理に剣術を習うこともないだろう……」

パパンが僕をお膝に抱っこしながら、自分に言い聞かせるようにつぶやいていた。

僕のたんこぶを手当てしてくれたマーサも、真剣な表情でうなずいていたよ。

「五歳のお誕生日には、きっと素晴らしい魔法の才能が授かりますよ」

そうかな？

レン兄もリオル兄も、僕を慰めてくれたんだよ。

「だれにでも向き不向きはあるんだから、ハクは気にしなくていいよ」

「できることをがんばりなよ」

なんだろうね、この諦めムードは？

バートンも無言でほほ笑んでいるだけだった。

大きくなったらできるようになるとは、だれも言ってくれなかったね。

五歳を目前に、僕には剣術の才能がないと確定したようだった。


そんなわけで、僕が五歳で授かったギフトは、植物栽培魔法スキル。

ショボいと思われたこのスキルが、これからラドクリフ家を大きく変えていくようになるのは、もう少しあとのお話だよね。

あとがき

初めまして、さいきと申します。

このたびは『植物魔法で気ままにガーデニング・ライフ～ハクと精霊さんたちの植物園～』の第一巻をお手に取っていただき、ありがとうございました。

本作はカクヨム様にてＷＥＢ公開させていただいたものに、加筆修正を加えて一冊の本に仕上げました。ダイジェストのように展開していく物語の隙間を埋めるように、新たなエピソードを加筆しております。

できるだけストレスなく読めるように、その中でクスリと笑っていただけるものを目指して、執筆を続けてまいりました。

本作はヒロインが登場しないという、珍しい小説となっております。主人公ハクのかわいらしさが、そこを補ってくれていると信じております。

異世界でのんびりガーデニングができたら楽しそう、という思いつきで物語を書きはじめました。

あるときふと、「これってガーデニングじゃないよね？　農業だよね？」と気づいたのは、物語がずいぶん進んだあとのことでした。

ガーデニングはどこへ行ってしまったのでしょうね。

いです。

とはいえ、この物語を読んで、少しでも植物とガーデニングに興味を持っていただけたらうれしいです。

我が家の庭と駐車場には、バラの鉢がところ狭しと並んでおります。

物語同様に寒冷地ですので、この本が発売される六月中旬には、バラの花が一段落しているころでしょう。四季咲きや返り咲きのバラはこれからまた花を咲かせます。

このころには家庭菜園の野菜もモリモリ成長してきますよ。

ハクのようにガーデニングを楽しんでいる時期です。

そんな緑豊かな花咲く季節に、この本を出版できたことを非常にうれしく思っております。

とてもかわいらしいイラストを描いてくださったＴｏｂｉ先生をはじめ、電撃の新文芸様には、心よりお礼申し上げます。ありがとうございました。

皆様には引きつづき、二巻でお会いできますことを願って。

例の黒いヤツが登場いたしますので、楽しみにしていただければ幸いです。

２０２４年5月　さいき

電撃の新文芸

植物《しょくぶつ》魔法《まほう》で気《き》ままにガーデニング・ライフ
～ハクと精霊《せいれい》さんたちの植物園《しょくぶつえん》～

著者／さいき

イラスト／Tobi

2024年6月17日　初版発行

発行者／山下直久
発行／株式会社ＫＡＤＯＫＡＷＡ
〒102-8177　東京都千代田区富士見2-13-3
0570-002-301（ナビダイヤル）
印刷／図書印刷株式会社
製本／図書印刷株式会社

【初出】
本書は、カクヨムに掲載された『植物魔法で気ままにガーデニング・ライフ～ハクと精霊さんたちの植物園～』を加筆・修正したものです。

ISBN978-4-04-915594-5　C0093　Printed in Japan

ファンレターあて先
〒102-8177
東京都千代田区富士見2-13-3
電撃の新文芸編集部

「さいき先生」係
「Tobi先生」係

ダンジョン付き古民家シェアハウス

著／猫野美羽
イラスト／しの

ダンジョン付きの古民家シェアハウスで自給自足のスローライフを楽しもう！

大学を卒業したばかりの塚森美沙は、友人たちと田舎の古民家でシェア生活を送ることに。心機一転、新たな我が家を探索をしていると、古びた土蔵の中で不可思議なドアを見つけてしまい……？　扉の向こうに広がるのは、うっすらと光る洞窟——なんとそこはダンジョンだった‼　可愛いニャンコやスライムを仲間に加え、男女四人の食い気はあるが色気は皆無な古民家シェアハウスの物語が始まる。

異世界のすみっこで快適ものづくり生活
～女神さまのくれた工房はちょっとやりすぎ性能だった～

著／長田信織
イラスト／東上文

転生ボーナスは趣味のモノづくりに大活躍——すぎる!?

ブラック労働の末、異世界転生したソウジロウ。「味のしないメシはもう嫌だ。平穏な田舎暮らしがしたい」と願ったら、魔境とされる森に放り出された!? しかもナイフ一本で。と思ったら、実はそれは神器〈クラフトギア〉。何でも手軽に加工できて、趣味のモノづくりに大活躍！ シェルターや井戸、果てはベッドまでも完備して、魔境で快適ライフがスタート！ 神器で魔獣を瞬殺したり、エルフやモフモフなお隣さんができたり、たまにとんでもないチートなんじゃ、と思うけど……せっかく手に入れた二度目の人生を楽しもうか。

もふもふと楽しむ
無人島のんびり開拓ライフ
～VRMMOでぼっちを満喫するはずが、
全プレイヤーに注目されているみたいです～

末開の大自然の中で
もふっ♪とスローライフ！
これぞ至福のとき。

フルダイブ型VRMMO『IRO』で、無人島でのソロプレイをはじめる高校生・伊勢翔太。不用意に配信していたところを、クラスメイトの出雲澪に見つかり、やがて澪の実況で、ぼっちライフを配信することになる。狼(?)のルピとともに、島の冒険や開拓、木工や陶工スキルによる生産などを満喫しながら、翔太は、のんびり無人島スローライフを充実させていく。それは、配信を通して、ゲーム世界全体に影響を及ぼすことに――。

著／紀美野ねこ
イラスト／福きつね

電撃の新文芸

異世界から来た魔族、拾いました。

うっかりもらった莫大な魔力で、ダンジョンのある暮らしを満喫します。

著／Saida
イラスト／KeG

もふもふ達からもらった規格外の魔力で、自由気ままにダンジョン探索！

　少女と犬の幽霊を見かけたと思ったら……正体は、異世界から地球のダンジョンを探索しに来た魔族だった⁉
　うっかり規格外の魔力を渡されてしまった元社畜の圭太は、彼らのダンジョン探索を手伝うことに。
　さらには、行くあての無い二人を家に住まわせることになり、モフモフわんこと天真爛漫な幼い少女との生活がスタート！　魔族達との出会いとダンジョン探索をきっかけに、人生が好転しはじめる——！

電撃の新文芸

神の庭付き楠木邸

著／えんじゅ
イラスト／ox

お隣のモフモフ神様と
スローライフ……してたら
自宅が神域に!?

田舎の新築一軒家の管理人を任された楠木湊。実はそこは悪霊がはびこるとんでもない物件……のはずが、規格外の祓いの力を持っていた湊は、知らぬ間に悪霊を一掃してしまう！　すっかり清められた楠木邸の居心地の良さに惹かれ、個性豊かな神々が集まってくるように！　甘味好きな山神や、そのモフモフな眷属、酒好きの霊亀……。そして、気づけば庭が常春の神域になっていて!?　さらには、湊の祓いの力を頼りに、現代の陰陽師も訪ねてくるほどで……。

お隣の山神さんたちとほのぼの田舎暮らし、はじまりはじまりです。

売れ残りの奴隷エルフを拾ったので、娘にすることにした

著／遥 透子
イラスト／松うに

不器用なパパと純粋無垢な娘の、ほっこり優しい疑似家族ファンタジー！

絶滅したはずの希少種・ハイエルフの少女が奴隷として売られているのを目撃した主人公・ヴァイス。彼は、少女を購入し、娘として育てることを決意する。はじめての育児に翻弄されるヴァイスだったが、奮闘の結果、ボロボロだった奴隷の少女は、元気な姿を取り戻す！

「ぱぱだいすきー！」「……悪くないな、こういうのも」

すっかり親バカ化したヴァイスは、愛する娘を魔法学校に通わせるため、奔走する！

電撃の新文芸

国王である兄から追放されたけど平穏に暮らしたい

～目指せスローライフ～

著／おとら
イラスト／夜ノみつき

グータラな王弟が
追放先の辺境で紡ぐ、愛され系
異世界スローライフ！

現代で社畜だった俺は、死後異世界の国王の弟に転生した。生前の反動で何もせずダラダラ生活していたら、辺境の都市に追放されて――!?　これは行く先々で周りから愛される者の――スローライフを目指して頑張る物語。

電撃の新文芸

異世界帰りの勇者は、ダンジョンが出現した現実世界で、インフルエンサーになって金を稼ぎます！

著／Y・A　イラスト／ぷきゅのすけ

Author Y.A Illustration ぷきゅのすけ
異世界帰りの勇者は、
ダンジョンが出現した現実世界で、
インフルエンサーになって
INFLUENCER HERO
金を稼ぎます！

ダンジョン攻略動画がバズって再生数も周りからの尊敬もうなぎ登り!

　どこにでもいそうな高校生古谷良二は——元勇者にして今は世界最強のインフルエンサーである!　異世界での魔王討伐後、現代に帰還した彼は、突如現れたダンジョンを一瞬で踏破し、その攻略動画で大バズリ。再生回数世界一位の動画投稿者として、留学生の美少女たちやエリートたちからも頼られまくりの日々が始まる!　魔王討伐を果たした勇者が現実世界でインフルエンサーとして無双する、現代ダンジョン配信ライフ!

電撃の新文芸

派遣侍女リディは平穏な職場で働きたい

没落した元令嬢、ワケあって侯爵様に直接雇用されましたが、溺愛は契約外です！

著／琴乃葉
イラスト／朝日川日和

目立たず地味に、程よく手を抜く。
それが私のモットーなのに、
今度の職場はトラブル続きで——

街の派遣所から王城の給仕係として派遣された、元男爵令嬢のリディ。目立たずほどほどに手を抜くのが信条だが、隠していた語学力が外交官を務める公爵・レオンハルトに見抜かれ、直接雇用されることに。城内きっての美丈夫に抜擢されたリディに、同僚からの嫉妬やトラブルが降りかかる。ピンチのたびに駆けつけ、助けてくれるのはいつもレオンハルト。しかし彼から注がれる甘くて熱い視線の意味にはまったく気づかず——⁉

電撃の新文芸

ハズレ姫は意外と愛されている？〈上〉

～前世は孤独な魔女でしたが、二度目の人生はちょっと周りが過保護なようです～

著／gacchi
イラスト／珠梨やすゆき

虐げられていた前世の記憶持ちの
王女ですが、
私……意外と愛されていた!?

　ユーギニス国第一王女のソフィアは、九歳にして魔女の前世を思い出した。二百年前、孤独な生涯の最期に願ったのは「次の人生は覚えた魔術を使って幸せに暮らす」こと。でも今の自分は「ハズレ姫」と呼ばれ、使用人からも虐げられて栄養失調状態。魔術は使えるし、祖父である国王陛下に訴えて、改善されなかったら王宮を出て行こうと思っていたけれど……私、意外と愛されている？
虐げられ王女の痛快逆転物語、開幕！

電撃の新文芸

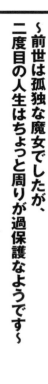

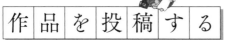